為了不讓妳忘記與我共度的夏天

國仲シンジ

輕文學
Light Literature

目　　次

序曲

「風乃啊，妳知道『人魚傳說』嗎？」

小學四年級暑假，我坐在緣廊邊吃西瓜。奶奶就坐在我身邊，一道蚊香燃起的白煙，就在我們之間朝湛藍的天空飄去。

「不知道。」

如果是人魚我還知道，人魚傳說是什麼啊？

專心啃西瓜的我停下手，抬頭看奶奶。奶奶面帶溫和表情，慢慢舉起手捏掉沾在我頰邊的西瓜籽，輕聲說：「這樣啊。」

奶奶視線看著正面的庭院，瞇成一線的眼睛前方，好幾株朱槿綻放朱紅色的花瓣，正在做日光浴。

「這是石垣島流傳的古老傳說——」

石垣島距這個小島約一小時船程，雖然同為沖繩縣離島，石垣島遠比這個沒有超商也沒有燈號的島更繁華。

「很久很久以前，有個漁夫到外海去。那天很不可思議地大豐收，聽說捕到教人痛快的大量漁獲。」

奶奶沉穩的音調自然地流入耳中。父母和學校老師說的話，不管多麼想要專心認真聽都聽不進去，但奶奶說出的每句話都會自然地滲透身心。

「所以他忘了時間，非常專注捕魚。接著，感覺漁網出現了從未出現過的手感。漁夫想著捕到大獵物了，相當興奮地把漁網拉起來。接著發現漁網裡是個上半身是美女，下半身是魚尾的人魚。據說人魚不停哭泣。」

腦海中想像被魚網困住而哭泣的人魚，讓我也跟著難過起來。我把吃到一半的西瓜放回盤子上，身體轉向奶奶。

「因為她以為自己一定會被吃掉，人魚好可憐喔。」

「人魚當然拜託漁夫放過她，但漁夫也是第一次看見如此罕見的生物，他說著可以大賺一筆，不聽人魚的哀求。」

「好過分。」

「所以人魚說了：『如果你放過我，我就告訴你大海的祕密。如果不知道這件事，你們會遇到大麻煩。』漁夫很煩惱，但他又很在意是什麼事，只好放過人魚。」

「啊，太好了。」人魚得救了，可以回家了。

「回到大海的人魚相當開心，在漁船旁游了幾圈之後這樣說：『明天日出後，會出現把整個小島吞沒的海嘯。』說完後就回去大海了。」

「海嘯是那個海嘯嗎？不久前電視上一直報的那個。」

去年三月發生的東北大地震。我回想起新聞報導時絕對會播放的海嘯畫面，滔天巨浪吞沒建築物的光景讓人震撼。我每次看見畫面都想著，無法置信這彷彿電影場面的事情就發生在日本國內。

我吞吞口水，繃起身體。奶奶低頭看著我繼續說下去：

「漁夫慌慌張張回村莊，帶所有村民到山頂避難。他也很好心地告訴鄰村的人，但鄰村的人說怎麼可能會有人魚，根本不相信漁夫。」

「什麼，還特地去告訴他們耶。」

「隔天早晨，去避難的村民們從山上俯視大海，發現海水全部不見了。平常看慣的海岸邊，變成一望無際的沙漠。」

「海岸變成沙漠？」

「因為海水完全退潮了。看見這一幕的村民們一陣騷動，接著伴隨著地鳴聲，沙漠那一頭，從視線的這頭到那頭，幾乎遮掩整片天空的大海嘯『轟！』聲而來……」

奶奶舉高雙手，做出海嘯襲來的動作。奶奶瞪大眼睛，兩顆眼珠簡直要飛出來了，這份恐懼讓我全身顫抖往後方倒下。

「正如人魚所言，日出同時出現大海嘯，吞沒了村莊原本所在的位置。漁夫的村莊奇蹟似地幾乎全村平安，而不相信人魚之說的鄰村整村滅亡了。」

「怎麼這樣……要是他們相信就得救了耶。」

「所以啊，這個故事在石垣島上主要和三個教誨一起口傳下來。要好好重視人類以外的生物，要相信他人所說的話，以及天災相當恐怖的這三點。」

奶奶豎起三根手指說著，這彷彿學校老師教訓學生的口吻，讓我鬆了一口氣。

「什麼啊，原來不是真的故事，而是桃太郎、浦島太郎那類的民間故事啊。」

肯定是童謠那類的東西，全怪奶奶流暢的敘事口吻，讓我完全相信是真的了。

但奶奶面無表情地慢慢搖頭。

「不，是真實故事。那是『明和大海嘯』，明和就是當時的年號，和平成、昭和相同。是距今大約兩百五十年前的時代。」

我之後才知道。在明和時代，日本史上最大，浪高超過八十公尺的大海嘯，襲擊了以石垣島為中心的八重山諸島全區，這個事實也有留下正式紀錄。除此之外也有村莊明明靠海卻不自然地完全沒出現受害者，以及另一個村莊九成八的人口，大約一千五百人死亡的紀錄。

但就算不知道這些紀錄，奶奶的表情和聲音已經有十足的說服力了。

「去避難的漁夫村莊，和不相信的鄰村是真實存在。」

晴朗無雲的天空出現灰色雲朵，陽光因而被遮蔽，感覺空氣稍微變得冰冷。

「怎麼這樣……不是虛構的故事嗎？真的有人魚嗎？」

我無意識地把變得冰冷的雙手拇指折進掌心中緊緊握拳。比電視畫面上更巨大的海嘯襲擊就近在旁邊的石垣島，還奪走了許多人的生命，簡直無法置信。

我低下頭，奶奶溫柔地摸摸我的頭。

「風乃很害怕嗎？對不起喔，但這個故事還有後續。」

我抬頭一看，奶奶的表情一變，露出在她臉上刻畫出深深皺紋的微笑。這個表情讓我心情平靜下來，也不在意陰暗的天空和冰冷的空氣了。

「後續？」

「特別是風乃，妳得好好記住才可以。這是因為，妳有個重要的使命。那就是……」

我好喜歡奶奶。她說了許多故事給我聽，教會我很多事情。而在之中，讓我印象最深刻的就是這個人魚傳說。

每到夏日，我就會回想起這個島民人人皆知的故事。

為了不讓妳忘記與我共度的夏天
I hope you will not forget the summer with me.

一、複雜更甚燈黑

我名叫高木海斗。過去曾被譽為神童，現為某升學高中的高三生。

「明明從明天開始放暑假耶，還要每天去補習班參加暑期講座，真討厭。」

放學鐘聲響起，教室瞬間變得吵鬧。同學們紛紛開始準備回家，坐我隔壁的隆也垂下肩膀嘆氣。他嘴上說著「真討厭」但他的音色中沒有絲毫焦急。高中最後一個暑假開始，感覺他也有點雀躍。

「就快大考了，這也沒辦法啊。」

我邊回以敷衍微笑，從抽屜拿出課本塞進書包裡。我想快點回家，我不太喜歡學校。

「你成績很好但沒補習對吧，想要推薦入學嗎？」

「就是那種感覺。」

「真好——平常就乖乖念書的人真輕鬆。」

隆也雙手交握擺在後腦勺，身體往後仰。我邊陪笑邊站起身。

「我只有考前念書，每次只是剛好考到我臨時抱佛腳的範圍啦。」

「聽你在說。」

「真的啦。」

隨意應和後，想要快點離開教室。如果不趕快離開，就會發展成「暑假找個時間大家一起聚一聚吧」的狀況。真心希望放過我。雖然不討厭隆也，但我不想把難得的假期浪費在人際往來上。

明明這樣想，沒想到講台上的老師突然喊我：

「高木，美術老師找你，要你放學後到美術教室一趟。聽說你想要考美術大學啊。你成績這麼好，我覺得有點可惜……但人生就是要挑戰，老師會替你加油喔。」

老師用力握緊右拳，露出相當誠摯的微笑。完美表現出把學生的事情當自己的事，為學生著想的老師形象。對度過叛逆期，且因近在眼前的大考而不安的高三學生來說，是令人放心的存在。

但我只覺得厭煩。只要把我平時的成績照實寫在成績單上就好，我不期待他做出這以上的事情。

「好，謝謝老師。」

我努力忍下想咋舌的心情，點頭致意。我這才想起來，這麼說來，前陣子交出去的畢業出路調查表上，我才第一次寫上這個。在這之前，我都隨意寫上符合自己成績的文科大學。

隆也似乎也聽到老師說的話，他睜大眼睛看著我像有話要說。我眼角感受著他的視線，迅速離開教室。

一抵達美術教室，教室裡有三個女學生圍著石膏像擺好畫架，正在畫紙上素描。肯定是美術社成員吧，三人的畫紙都布滿鉛黑，已經進入收尾階段了。

我在離她們一段距離的教室角落坐下，女性美術老師接著走出準備室，在桌子另一端坐下，互相打招呼之後，她開口說：

「高木同學，你藝術選修也不是選擇美術對吧。你要考美術大學，具體來說已經決定要考哪間大學了嗎？」

聽見鉛筆規則刷過畫紙的沙沙聲，這個聲音讓我感到很舒服。至少比老師講大考的話題舒服上好幾倍。

「是的，我的第一志願是東京美術大學的油畫學系。」

聽見我的答案，老師食指搔搔臉頰苦笑：

「東美大……那可是私立美術大學數一數二難考的學校耶。我聽說你的成績很優秀，你不是為了考普通大學而念書的嗎？是從什麼時候開始有這個打算呢？那邊的學費相當貴，你有跟父母商量過嗎？」

老師連珠炮似地不停提問，她似乎相當困惑。這也是難怪，至今完全沒展現任何跡象的學生，突然在高三暑假前夕說這種事情嘛。

「我從國中開始到繪畫教室學畫畫，那位老師的母校是東京美術大學。老師強烈推薦我去那裡，我的父母也同意了。」

「這樣啊，那你為什麼沒有選修美術呢？」

這間高中有藝術選修科目，得從美術、音樂、書法中選擇一個科目來上。大多數的學生都選擇功課輕鬆的音樂，把時間花在準備大考上。順帶一提，我選修書法。因為音樂課太多認識的人讓我覺得很煩，不選美術是因為我不想在學校裡畫畫。

「這個嘛……我在繪畫教室已經畫很多了，所以在學校裡不想要思考畫畫的事情。」

「你那麼常去嗎？」

「是的，從國二開始每天去，平日四小時，假日八小時左右。」

說完後，老師驚訝大喊「什麼」，正在畫素描的學生們對此反應轉過頭來看。老師要她們別在意繼續畫畫後，端正姿勢清清喉嚨。

「……你花這麼多時間啊，那也是在那邊準備考試對吧。你可以早點告訴我啊，我或許也能幫上你的忙。」

「是的，真的很不好意思。」

我恭敬低頭，還以為這樣就結束了，但老師大嘆一口氣後又繼續問：

「你有參加過比賽嗎？」

我對「比賽」這個單字起反應，心口旁的肌肉繃起來。

「這個……」

「如果你很尊敬繪畫教室的老師，讓那位老師仔細指導你也很好，但偶爾接受不同人的評論對你的進步也是必要……」

「我沒有打算參加比賽。」

我打斷老師的話，自己也知道手心開始出汗。

她手肘撐在桌面，上半身往前傾。

「如果你不介意，下次可以拿來給我看嗎？素描畫或其他什麼都可以，我們的美術社也會舉辦作品評論會，偶爾讓其他人看看比較好喔。可以得到不同角度的建議，現在正在素描的那些學生也是要考美術大學。同為學校裡想考美術大學的人，或許可以得到不同的激勵。」

「不，不用了，我不喜歡和其他人比較。」

我明確拒絕後，老師驚訝地揚起眉。我有點不安是否讓老師不開心了。這個人明明是好意邀請我，我卻不小心強硬拒絕了。

「……非常感謝您邀請我，但我有在準備考試，所以沒有問題。我暑假也預定要密集訓練了。」

我揚起嘴角，意識提高音調盡量圓滑一點說話，老師似乎有話要說，但我在她開口前先離開美術教室。

只要一提到比賽，我就會不小心感情用事。

我不想被外人干涉。

因此，我不可以太過社交，也不能太過內向。不被喜歡也不被討厭，這就是遠離所有人的祕訣。

走著走著，上衣口袋中的手機震動。是隆也傳來的訊息。

『我都不知道你想要考美大耶』、『你平常連塗鴉也不畫啊』、『你也說一聲嘛』

畫面迅速顯示簡短句子，我邊感到麻煩也還是打上回應。

「對不起」、「我找不到機會」、「而且很害臊啊」

『你將來要當畫家？』、『替我簽名』

「美術大學不等於畫家啦」

『原來不是啊』、『但畫家也給人一種不是怪人就沒辦法當的感覺』

「我不是怪人？」

『海斗是THE有常識的人』、『下次替我畫肖像畫吧』、『我會拿來當頭貼』

我不知道該如何拒絕這個要求，原本一句接一句有來有往的對話也出現了空白。

老實說，我絕對不想畫肖像畫。好不容易在高中沒有讓朋友看過我的畫過到今天耶。

幾秒後，原本在半空中徘徊的手指落在液晶螢幕上。

「下次有機會吧」

我沒有看回應，把手機收回口袋中。

所有事情都讓我感到厭煩。

如果要我替現在的心情加上顏色畫在畫布上，我會選擇什麼顏色呢？

大概是稍微帶著藍色的燈黑色吧。不，肯定更加複雜。或許更接近群青與凡戴克棕混合出的顏色。如果是小學時的我，肯定可以創造出無人能超越的完美顏色。

讓我再重申一次，我過去曾被譽為神童。

第一次握畫筆是我小學一年級，在美勞課上繪製的「刷牙運動推廣海報」獲得了市的最優秀獎。

身為富裕家庭獨生子而備受寵愛的我，人生第一次得獎獲得父母盛大慶祝。我還清楚記得父母興奮說著我以後要當畫家的開心表情。在那之後，只要與繪畫相關，不管多任性的要求父母都會答應我。

但那絕非我的父母誇張寵小孩，當時我的畫和身邊的小朋友相比明顯鶴立雞群，會如此認為也是沒有辦法的。

大膽的構圖、用色、選定題材的觀察能力。更重要的是，我相當執著畫下每個細節，也有確實完成畫作的耐力。

雖然不是很多人知道，在小學生的繪畫比賽中擔任評審的，不是畫家或美術相關人士，而是從地區的小學裡選出的老師們。要獲得他們的好評相當簡單，技巧高低根本不是太大的問題，只要擁有孩童獨特的觀點，努力作畫就好了。當然，當時的我根本沒思考過那種事情，只是無意識地具體呈現出來。

很不可思議的，只要獲得身邊人的好評就會認真起來。得到他人「這孩子很會畫畫」印象的我，休息時間和放學後都把時間花在畫畫上，也因此練就出技巧。

擁有高超技巧與卓越品味的我，在小六之前橫掃大大小小比賽的我，在升上國中的同時進入繪畫教室，也在那遇到出乎意料外的事情，並立刻離開那個繪畫教室。

自那之後我不再參加任何比賽，也開始向同齡朋友隱瞞我在畫畫的事情。

我離開美術教室離開學校，轉乘電車抵達從國二開始學畫到現在的「秋山繪畫教室」。和第一間馬上就離開的教室不同，我在這第二間教室持續學畫學了四年半，幾乎每天都泡在這裡。站在靜靜佇立於都內喧囂中的古舊大樓內的一室前，從書包中拿出備份鑰匙開鎖。一打開門，油彩臭氣竄進鼻腔，悶熱感纏繞肌膚。我畫的好幾幅風景畫、寫實畫就立在玄關、走廊、畫室等室內的各個角落。

我一如往常準備好畫布，在椅子上坐下。抓起構圖用的鉛筆，眼前既沒有當主題的東西，也完全沒有構想。只是呆呆舉起右手看著全白的畫面。

以前只要這樣做，我想畫的東西就會一個接一個冒出來，右手也會自己動起來。畫過在宇宙彼方綻放的櫻花，也畫過幾百頭羊在空中奔馳的景色。但不知何時開始，我變得只能畫出親眼所見的東西。

過了幾十分鐘，我的腦海中仍然沒浮現任何東西。反正今天也會和平常一樣，隨意畫個靜物素描後結束這一天吧。

「『認為自己能做到的人就一定能做到，認為自己做不到的人就一定做不到，這是一個不容質疑的法則。』這是畢卡索說過的話。」

這聲音嚇得我身體一跳，一轉過頭，秋山老師雙手環胸才剛嘆完一口氣。別說腳步聲，我連他開門的聲音也沒發現。

「今天又是連一條線也畫不出來嗎？」

所有毛髮長度皆相同的天然捲，只看剪影就像爆炸頭。一臉鬍渣，身穿皺巴巴白色襯衫的樣子，完全就是對自己儀容打扮漫不經心的中年人。

「秋山老師，不好意思。」

「我不是想聽你道歉。」

「你今天不是要工作嗎？」

「我在這裡會打擾你嗎？」

秋山老師露出詫異的表情。

「沒有那種事。」

他是這間繪畫教室的講師，順帶一提，學生只有我一個。他的本業是販售畫作給有錢人，也就是所謂的畫商，趁閒暇經營這個繪畫教室。他一週頂多只會露面一、兩次，這裡已經變成我專屬的畫室了。四十歲單身，常有引用畫家名言的習慣。

「要參加大賽的作品，你再不畫就來不及了喔。」

「報名截止日是八月底吧，今天開始放暑假，趕得及的。最糟拿之前畫的風景畫也行。」

「你以為那個風景畫有辦法在天下的『丸之內創世紀藝術大賽』中獲勝？連佳作都辦不到吧。」

「是嗎？我覺得我畫得還挺不錯的耶。」

「只是不錯而已吧。只是比例完美，每片拼圖正確，花時間仔細畫出來的東西而已。」

「你這是在誇獎我吧。」

「並沒有誇獎你。」

秋山老師皺起眉頭。

一般來說，正確和仔細都是誇獎人的用語。但在藝術的世界中，這無法成為武器。

更別說在丸之內創世紀藝術大賽，通稱「大賽」這個不問專業非專業，十六歲到三十歲的所有人都能報名參加，是能讓年輕人鯉魚躍龍門的二次元藝術大賽了。

「總之，如果你的作品無法得到佳作，那肯定沒辦法拿到東美大的推薦入學。現在的你連一般入學考都很難過關吧。聽好了，放入你的靈魂。『沒有感情的作品不是藝術』。這是……」

「是塞尚說的話對吧。」

「嘖，沒錯。」

被我說對後，秋山老師很不服氣地咋舌。

我想就讀的東京美術大學油畫學系，正如美術老師所說，是日本私立美術大學最難考的科系。應屆考上的學生，每年兩、三百人中也頂多十人，錄取率隨隨便便就低於五％。正如字面所示，是個只允許天才入學的窄門。

想要跨過這道門，就需要壓倒性高超技巧，以及獨一無二的個性。像我這樣，只懂如實作畫的無能秀才很難入門。

所以我才會以推薦入學為目標，但我國中之後沒有任何美術比賽的得獎紀錄。正如秋山老師所說，我想要得到推薦入學的名額，就需要有震撼性的結果，至少也得是個讓人感覺將來大有可為的作品。

因此，我立下在丸之內創世紀藝術大賽中獲得前三十名作品的「佳作」的具體目標。

當然，如果能拿到被評選為最優秀作品的「首獎」、「次獎」或是等同於第三名的「評審特別獎」更好，但這只能說是過分奢望了。

順帶一提，秋山老師雖然重考三次，但確實是東美大的畢業生。

「如果不行，我就乖乖去念普通大學。把畫畫當興趣也很好。」

我盯著雪白的畫布低語。

畫畫很開心，最棒就是只要有道具，從頭到尾都能獨力完成這一點。不需要他人干涉或幫忙。

所以「完成的同時即結束」也可以，但只要參加比賽，就需要面對他人的觀賞、評價。只要意識到這點，我的手就會立刻動彈不得。

「不，你得去念東美大。」

秋山老師抓住畫布上半部，發出細細嘎吱聲。我抬頭一看，只見秋山老師表情恐怖地俯視我。

「到哪都能畫畫啊。」

「我在入學前也這樣想。而你和我很像。你肯定可以在東美大找到你畫中不足的東西。」

「不足的東西？」

「對藝術家來說最必要的東西，只要有這個，你應該能成為名留後世的畫家。」

「哈哈，那怎麼可能。」

我忍不住嗤鼻一笑，但秋山老師眼神有力地看著我，那不是在說玩笑話的表情。

「……你太看重我了，我只是個凡人。」

我知道自己沒有才華。

藝術家，就是不被身邊的人左右，能夠貫徹自己，擁有強韌精神的人。我認為，那才是真正的才華。如果我也有那份才華，國一時就不會傷得那麼重，現在也能大大方方選擇美術當藝術選修課了。

「而且，現在的我沒有你口中藝術家最必要的東西，你認為我的畫有辦法在大賽中得到佳作嗎？」

當我問出這狡猾的問題後，秋山老師別開眼，嘴角隨之扭曲。

「那是……」

「第一點，我不喜歡為了得獎而畫畫。你不是總是要我畫我打從心底真正想畫的東西嗎？」

「你這小子還真囉嗦，什麼都這樣講道理思考就是你最大的缺點。聽好了，『藝術作品不是為了擺設在房裡，而是為了鬥爭的武器。』」

「這句話是誰說的？」

「畢卡索。畫出來的畫就要為了自己利用到極限，這才是藝術家的正確姿態。聽好了，你是個該成為畫家的人。為此，你要拿出自己的最高傑作參加比賽。」

「如果辦得到，我也想這樣做。但是，我辦不到。」

我咬緊下唇，如果畫得出來我當然也想畫。畫匠想要創造出好作品是理所當然的事情。

萬一我真的能進入東美大念書，可以成為專業畫家靠畫畫過生活，那是件多麼美好的事情。一個人窩在深山裡的畫室，從早畫到晚，這超棒的啊。但我已經不是孩子了，當然不可能認真冀望這種沒有現實感的夢想。

秋山老師「唉」的嘆了一口氣，隨意把手插入西裝褲的後口袋中。

「你還是一樣悶在自己的象牙塔中，但是，我已經做好準備要讓你解放自己的情緒了。」

接著再次抽出手，右手抓著一張紙，看得出來那是一張機票。

「我八月初工作有事要去沖繩一趟，你放暑假對吧，跟我一起來。」

「……什麼？沖、沖繩？」

我無法理解，用愚蠢的語氣重複他的話。

「你那無聊的風景畫，或許在與平常不同的環境中，可以奇蹟似地擁有感情。」

這說詞太過分了。

「但我爸媽……」

「我已經聯絡好了，說是準備考試的一環。」

我的雙親非常信任從以前就相當照顧我的秋山老師，如果是為了考試，也不會反對吧。

「再怎麼說也太趕了吧。」

「那你要和先前一樣，只悶在這間房裡獨自畫畫嗎？你接下來的人生，不管做什麼事情都找藉口對自己說辦不到，一路逃避下去嗎？」

秋山老師皺起眉頭，低頭俯視我挑釁我。他肯定是想要故意惹怒我，試圖引出我的反骨精神。大概想讓我說出「那我就畫給你看」吧。

價。

我還沒幼稚到會中這種沒大腦的招數。但我也很好奇，為什麼秋山老師給我如此高的評價。

現在還對已經不再是神童的我高度期待，想要回應他的期待是種本能，特別是，這是照顧我好多年的恩師的期待。

或許即便到了沖繩一趟，我仍然沒辦法畫出精采的作品。如果那樣，就連至今看重我的秋山老師也會終於耗盡耐心吧。

但是——

或許會有什麼改變。我有這種預感。

我說著「我明白了」後點點頭。

*

八月一日，我和秋山老師一起前往沖繩的離島。那是比日本最南邊的波照間島稍微北方的小島，志嘉良島。從羽田機場飛到那霸機場，接著再轉乘飛機到石垣島。又從石垣島搭乘每天五趟來回的高速船一小時才終於抵達志嘉良島，抵達時已經超過晚上八點了。

「令人意外的不怎麼熱耶。」

這是我晚上踏上志嘉良島後的感想。濕潤的海風很舒服，比我想像的還要涼爽，東京的夜晚更加炎熱令人窒息。臉色蒼白的秋山老師手摀著嘴巴回我：

「……太陽下山之後都是這樣吧，氣溫似乎是東京比較高……噁。」

秋山老師一搭上高速船立刻暈船了。他一直待在甲板上吹風，吸飽水氣的爆炸頭分量只有平時的一半。

「還好嗎？住一晚再走比較好吧？」

「不行，如果今天不回石垣島，我工作就來不及了。別擔心我，你只要專注在自己身上就好。」

秋山老師表情虛弱說完後，腳步不穩地又搭上剛剛才下的船，他是特地帶我來這座島上。如果只是要畫畫，我覺得在沖繩本島上也可以，但他認為「既然都要去沖繩了，那去保留大自然的偏遠地區比較好」，所以才選了這個島。

志嘉良島是沖繩幾個有人島中人口最少的島。全島只有三百五十人左右，其中超過五成是六十五歲以上的老年人，也就是被稱為極限聚落的小島。別說超商了，連交通號誌和自動販賣機都沒有。

「海斗，你知道民宿位置嗎？」

「知道，我已經輸入APP裡了。」

「畫材明天會送到，有什麼事就打電話給我，也別忘了一天要畫一張素描。」

秋山老師說完後，汽笛聲響起。他不小心「咿」地尖叫一聲，雙手抓住扶手。高速船似乎要出港了。

我的畫材全部用郵寄的，所以行李只有一個裝換洗衣物的背包。

目送邊吐白煙邊消失在黑暗大海那頭的船離去，船離開後相當寧靜，只聽見海浪聲。空無一人的乘船處彷彿與世界切分開來，這或許是我生平第一次體驗如此安靜的夜晚。

感謝明明會暈船，還在百忙之中陪我到這裡的秋山老師，我思考著從明天起該怎麼在這個島上度過。

從今天八月一日起到二十日，我要在這個島上住二十天。目的是繪製參加大賽用的油畫。

明天收到畫材後，立刻就得出門尋找要畫風景畫的地點。越能展現沖繩風情的地點越好。希望可以是美麗的海灣、罕見植物群生的密林，或是如夢似幻的洞窟。因為我只能如實描繪出親眼所見的東西。

為了與在想像中創作，並且可以在畫布上描繪出想像的天才們對戰，我要拿主題本身的罕見特質當成畫作個性來與之對抗。這趟旅行的目的就在這邊，所以地點選擇最為重要。

走過售票窗口走出外面，港口立著一尊古舊銅像。上半身是人，下半身是魚尾的女性坐在銅像基座上。

——是人魚。

大小和我的身高相仿，表面塗料斑駁。沒有動漫角色那般的可愛，擁有真實人類會有的頭身比例，相當有真實感。基座上老式字體刻著「歐里透里（註1）」，放在飛機座位後方網袋中的手冊上，有介紹沖繩方言的單元。我只有隨意翻閱所以只隱隱約約記得，這是「歡迎光臨」的方言。這有點恐怖的銅像與字體，完全沒有受到歡迎的感覺。

離開港口後，整備完善的水泥地消失，變成被踩得硬實的泥土地。路寬只能供一輛輕型汽車行駛，左右被大小不同的石頭堆積起來的石牆包圍。

葉尖尖銳的阿檀樹（註2）突出在石牆上端，豔紅色的朱槿在腳邊盛開。充滿南島風情的感覺讓我覺得很新鮮。

可見幾棟紅磚瓦屋頂的建築物，每棟都是平房，不見二樓以上的建築，電線桿等間隔排列。我邊想著「天空很遼闊就是這種意思吧」邊抬頭看天空，在那之後忍不住讚嘆：

「哇啊！」

令人震撼的星空。

無數的光點塞滿我的視線，在東京能看見一等星已經很厲害了，而這個志嘉良島上有數也數不盡的星星閃爍著。

我一直以為夜空是黑色的。但不知是因為空氣清新，還是因為星光強烈，這片夜空看起來像帶有青藍的靛藍色。就算同為夜空，看起來也不同。

註1：原文おーりとーり，是石垣島的方言，意思是歡迎光臨。
註2：沖繩常見的熱帶常綠樹木，和台灣常見的林投樹同為露兜樹科。

我停下腳步呆呆眺望天空一段時間，密集的白點中，一道直線從右至左劃過，立刻消失了。我是在另外一道直線劃過時才驚覺那是流星。

生平第一次看見流星。在我目送五道理所當然劃過天際的流星消逝後，這才回過神來，在泥土地上再次邁開腳步。

彷彿電影場景的民家幾乎都沒了燈光。雖然才剛過晚上八點，但似乎因為高齡者居多，或許已經睡了吧。才這樣想著，就看見漫不經心把窗戶全打開的人家。也能聽見三線琴的樂聲。

我四處張望，為了確認地圖軟體低頭看手機畫面。盡情欣賞星空後，感覺液晶螢幕的人工光芒相當冰冷，我忍不住關掉畫面。反正只有一條路，應該不會迷路。

大約走五分鐘後，從民家的縫隙中看見海岸。對當地人來說，颱風或下雨水量增加時可能很辛苦吧，但我好羨慕在住宅區裡可以理所當然看見大海這點。不管是流星、朱槿還是民家間突然出現的沙灘，一切都讓我感到新鮮。

我稍微遠離地圖的路線，繞到夜間的海灘去。或許才剛到就能找到好風景了。

穿著運動鞋踩沙灘，傳來砂礫摩擦的聲音。邊環視周遭邊沿著海岸走。這不是整備完善的海水浴場，而是最天然的沙灘。四處散落被打上岸的漂流木。

從哪裡傳來歌聲，似乎有人在哼歌。

才這樣想，就看見一個下半部長年被海浪磨削的倒三角大岩石，發現有個少女獨自坐在岩石上抬頭看夜空哼歌。

不及肩的短髮，濕潤貼在肌膚上的水濕白色T恤和短褲。天色昏暗我也只能隱隱約約看見，但佇立於非日常幻想空間的她，彷彿非現世之人，而是想像中的生物。沒錯，例如：

「……人魚。」

我無意識說出心中所思，她比港口那個恐怖的銅像更像人魚。

「……誰？」

岩石上的人魚對我的聲音起反應停止哼歌，轉過頭來看我繼續問問題：

「觀光客？來幹嘛？為什麼？」

她從腳到頭打量我一圈後環視周遭，確認周圍沒有任何人。

「那、那個，是的，我是來觀光的，搭船來的。」

我結結巴巴回答後，她從有我身高大的大岩石上輕巧一躍而下，用幾乎感覺不到重量的聲音著地，赤腳用力在沙灘上沙沙奔跑，在我面前停下。

我不喜歡人際交往，所以也沒打算積極與當地人來往。我明明打算盡快找到作畫地點，趕緊完成大賽用的畫作啊。

要是別繞到沙灘來就好了，心中有點後悔。

「欸！你從哪來的？」

從剛剛充滿神祕感的氛圍一變，她語調開朗地問我。很親人地歪過脖子，探頭看我的臉。

「那、那個，東京的……」

「喔——東京？是都市人耶！」

她張大嘴，做出上半身往後仰的反應。感覺她並非刻意，而是下意識如此做。

她身高大概不滿一百六十公分，身材纖細。水濕的肌膚反射星光淡淡發光。

「你也是高中生？我高三！大概和你差不多吧！」

她如此發問，瞇起自己琥珀色的眼睛。明明和陌生人說話，卻比平常還不緊張。她淡淡的笑容中給我彷彿舊識的安心感。

「對，我也高三。」

「單身旅行？家族旅行？」

「單身……不對，中途還和老師一起。」

「老師？學校的？為什麼？」

她身體朝我靠近，貼在額頭上的濕潤瀏海擺動。大大的眼睛像好奇心聚合物，瞳孔也張得很大。

我在腦海中組織著該怎麼說明我來志嘉良島的經緯。我不想對首次見面的人說我是來這裡畫畫的，就算再也不會和她見面也不願意。

我努力思考該怎麼蒙混過去時，看見視線下方有什麼東西在蠕動。

「哇、哇啊！」

她站在沙灘上的裸足旁，有隻藍黑線條的蛇，用幾乎感覺不出其與沙子摩擦的緩慢動作移動著。

我只有在動物園裡看過蛇，我全身起雞皮疙瘩，就快要軟腳了。

她似乎沒有發現蛇，被我的大聲驚呼嚇到。

「咦？什麼？」

我瞬間抓住她的手腕，用力往身邊拉。

「危險！」

「哇哇！」

她邊用單腳維持平衡，腳步不穩地到我身後。

這條蛇全長約五十公分，粗約直徑三公分吧。藍黑線條模樣，有光澤的蛇鱗閃閃發光。一看就覺得是很危險的顏色，我總之嚇得心臟都快停了。

「啊！是黃唇青斑海蛇！」

她從快要軟腳的我身後探出頭來看著蛇大叫。放開我的手，朝蛇身邊跑過去。

「真少見！這附近幾乎都是闊帶青斑海蛇耶！」

海蛇？我在腦中重複。悠游於熱帶到亞熱帶地區大海的蛇，那不是出現在電視上，而是就在面前。

她把手搭在大腿上直盯著海蛇看。此時，海蛇停下動作，警戒著從上而下俯視著牠的人類，迅速吞吐蛇信。

對我來說，光是野生蛇已是未知的猛獸了。但她用彷彿看見野貓的天真表情盯著蛇看，光表情都讓我無法理解，沒想到她接著做出更令人驚訝的行動。

「嚇！」

短褲底下的纖細裸足，突然往海蛇身上踩上去。

「咦、咦咦咦？」

我嚇到大喊，但她若無其事。被踩在地上的蛇高速甩動頭尾掙扎，她抓住海蛇的尾巴往後拉。

一直拉到蛇頭距離裸足只有大拇指左右的長度後，她邊用拇指緊緊壓住蛇頭，把蛇抓起來。

「啊哈哈！我抓到了！」

她瞇起眼睛大笑，把蛇頭轉往我的方向。

海蛇藍色的頭和白色下顎分別被上下緊緊壓住無法張嘴，充滿怨恨的眼神瞪著我。藍黑線條的身體纏住她的手臂，情感上似乎還在試圖抵抗。

「黃唇青斑果然很棒！你不覺得這顏色超漂亮超可愛的嗎？你要不要摸摸看？」

漂亮？如果把蛇、尖牙、蛇毒等全部的要素抽掉只單看顏色，那確實也不是不能說不漂亮。

「……不、不用！不用了！」

但蛇就是蛇。我努力從喉嚨擠出聲音，費盡千辛萬苦搖頭。

「沒長膽的，明明很舒服耶！」

她陶醉看著海蛇的表面。彷彿在捏小貓肉球般，戳著海蛇的肚子。這句話是沖繩方言嗎？從她的態度推測，應該是在說膽小鬼或懦弱的意思吧。

「那、那個沒有毒嗎？感覺就是有毒的顏色耶。」

我問完後，她張大嘴「啊哈哈」大笑著說：

「只有牙齒有毒啦。」

「果然有毒。」

「只要不被咬到就沒事啦。」

「但應該很危險吧……」

這麼說來，以前在電視節目上看過，在沖繩只要抓到黃綠龜殼花就可以拿去公所換錢。抓蛇這件事情本身應該很稀鬆平常吧。

「妳常常抓蛇嗎？」

「海蛇比較少，黃綠龜殼花倒是很習慣！」

「黃綠龜殼花也有毒吧，妳不會怕嗎？」

「不會怕啊，但海蛇的毒性是龜殼花的三十倍，所以我有小心。」

「三十倍！那被咬到會死人吧。」

她嘲笑著驚慌失措的我。

「不在三十分鐘內到醫院打血清就會死。但志嘉良島的小診所裡沒有血清，得從石垣島叫急救直升機來，一來一往三十分鐘就過了，不管怎樣都會死掉。啊哈哈！」

她右手中的海蛇沒有放棄脫逃，蛇尾不停拍打她的上臂。如果她所言不假，現在她只要稍微手滑被蛇咬到就會死掉。

「還、還真虧妳笑得出來耶……那值得妳冒那種風險去摸嗎？」

她秒答「嗯」且輕輕點頭，走到海浪邊蹲下身。

接著輕輕把海蛇放到沙灘上，海蛇一副「我受夠了」的感覺，蛇行逃回大海去。

她直盯著目送海蛇遠去，抱膝小聲說：

「我現在，想去做所有這個瞬間想做的事。為了不讓自己後悔。不管會不會被海蛇咬，反正遲早都會死啊。」

和平穩海浪聲相同的細小音量，她蹲下身捲曲後背的身影，又從剛剛那活潑又天真的印象，轉回坐在岩石上時的神祕氛圍。

人類遲早有天會死，這是再明白不過的道理。

如果是學校同學認真說出這種頓悟似的台詞大概會惹人發笑，但出自她口中有種無可言喻的說服力。大概因為我親眼看見她實際只因為好奇心而毫不畏懼地抓海蛇吧，感受到她是認真如此想。

明明是我發問，我卻不知該回什麼，她轉過頭來有點害臊地皺起眉笑著站起身。

「……說笑的啦！哎呀，對東京的高中生來說，會覺得我就是個鄉下小丫頭對吧？喔呵呵，還真是失禮了。」

她右手摀住嘴巴，作戲般地輕輕歪頭。

「沒、沒這種事……」

太多事情震撼著我，我想不出適當回答。她突然拉近和我的距離，雙手包住我的右手：

「欸欸，你要待到什麼時候？我們交個朋友吧！」

「咦？」

心臟猛力一跳。她的臉孔本身也很可愛，惹人憐愛的表情和親人縮短距離的方法，不管到哪都會成為眾所喜愛的人物吧。聞到混雜海水氣味的柑橘香氣，讓我不禁害臊起來。我知道血液正逐漸往我臉上集中，如果是白天，肯定會被發現我滿臉通紅吧。現在是晚上真是太好了。

「我是伊是名風乃！你呢？」

「我是……海斗，高木海斗。」

「海斗！嗯，請多指教。」

「伊是名是怎麼寫」、「立刻就直呼名字不加稱謂嗎？」等等，總之得做出的反應有很多，但承受風乃這份朝氣，或該說純真，就是某種活生生能量的東西後，我自始至終只是相當狼狽。

風乃提議要帶我去我預定住宿的民宿。我拒絕了，但她說著「我和那裡的奶奶很要好，包在我身上。」強行引領我前進。風乃跑進石牆兩側裝飾有沖繩石獅的紅屋瓦古民家裡。

「登美奶奶！嗨待！」

我追上去時，她正好與這安靜小島相當不符地活力十足打招呼。

「是風乃呀，怎麼了嗎？」

走到玄關來的，是一位彎著腰的白髮老奶奶。

「海斗啊，說他要住在南風莊，所以我就帶他來了！」

「海斗？……啊，是預約住宿的高木海斗嗎？」

「對對對！海斗，登美奶奶做的菜超～級好吃的喔！請多指教囉！」

她替我回答，還順便幫我介紹登美奶奶。感覺風乃用著我至今認識的人的兩倍速度活著。

「請多多指教。」

我一鞠躬後，登美奶奶面無表情地點點頭。

「真有禮貌，真不愧是內地的孩子。比起來，風乃妳又整身濕了，還赤腳到處跑……哪裡像還沒出嫁的女孩啊。」

「這、這是因為我跑進海裡啊，我也是可以很有規矩的耶！」

「哪裡有？老是沒個定性。」

「才沒有！」

風乃鼓起臉頰，登美奶奶柔柔微笑摸摸風乃的頭。

「風乃只要做自己想做的事情就好了，快點去洗澡吧。」

「……嗯，好啦。」

剛剛明明還氣噗噗地鬧彆扭，突然變成一隻裝模作樣的貓咪般乖巧點點頭。她們看起來不是親屬，但彷彿像有血緣關係的祖母和孫女。

風乃轉過頭，走出玄關，是打算回自己的家嗎？

「她還沒要回家喔，我們的浴室在外面。她大概會吃完飯再走，得準備她的份才行。」

「啊，原來是這樣啊。」

彷彿讀出我的心聲。還是說，或許是誰都看得出來我依依不捨看著她吧。如果是這樣就太丟臉了。

「我帶你去房間，行李只有這些嗎？」

「啊，其他行李用郵寄的，預定明天上午會寄到。」

登美奶奶輕輕點頭後邁開腳步，我也脫鞋進屋。有好幾間用紙拉門隔間的榻榻米房間，其中一間擺著漂亮的神龕。這是我第一次住民宿，和飯店或旅館完全不同，就是比較寬敞的一般人家。

「只有你一個嗎？我聽說從石垣島搭船來的有兩個人，一個大男人和一個高中生。」

登美奶奶邊走在走廊上邊問，那是在說秋山老師。

「啊，對，另外一個人明天還有工作，所以馬上就折返回石垣島了。」

雖然我很好奇她為什麼會知道搭船的人數，但這麼小一個島，或許有外人來是一件相當罕見的事情吧。

「這樣啊……你要待到二十號對吧。」

「對，現在放暑假。」

「暑假啊，真不錯呢。但是你不和朋友出去玩沒關係嗎？」

「大家都要補習，很忙。」

「內地的孩子還真辛苦。」

「風乃同學也是高三對吧，應該也要準備大考吧？」

我沒想太多，相當自然地提問，登美奶奶看著前方沉默，她的手腕擺在彎曲的腰上，每走一步，小小的背影就會左右搖擺。

登美奶奶打開走廊底端房間的紙拉門後，冷氣從房內流洩而出。

「這裡就是你的房間。不只這個房間，其他房間你都可以隨意使用，反正也沒有其他客人。」

感覺似乎被她扯開話題了，但我又想，這屬於個人隱私，也不是能透過他人口中得知的事情。

二．二五坪的和室正中央已經鋪好被褥，房間角落有矮桌及和室椅，旁邊還有老舊的綠色電風扇。感覺相同老舊，很有年紀的方正冷氣機已經打開電源，舒服地替我汗濕的身體降溫。登美奶奶似乎事先把房間弄涼等我來。

我把背包擺在和室椅旁，重新鄭重鞠躬。

「接下來二十天，還請您多多關照。」

「你不用太客氣，就把我當自己姥姥，什麼事情都可以對我說。」

雖然表情嚴肅，但她是個溫柔的人真是太好了。我第一次在陌生的土地住二十天，其實內心相當緊張。

過一陣子晚餐準備好了，我前往起居室。桌上擺著好幾盤裝滿食物的盤子，洗好澡的風乃也坐在那邊。毛巾掛在脖子上，頭髮還微濕。這洗澡速度在女生裡算快的吧。但我無法想像她安靜不動的樣子，也感覺這很合情合理。

「今晚是大餐喔，全都多虧海斗的福！謝謝你來！」

風乃咧嘴笑著抬頭看我，雙手各握著一根筷子的樣子，彷彿等不及吃飯的小朋友。

登美奶奶準備了桌子都快擺不下的菜餚，正如風乃所言相當豪華。

大盤子裝著覆蓋融化起司的塔可飯，熱氣帶著柴魚高湯香氣的沖繩排骨麵，沖繩炒苦瓜，以及搭配味噌醬的海葡萄等鄉土料理。還有不知道放什麼肉的湯和軟嫩Q彈的帶骨肉。

「好、好豐盛。」

我被嚇了一大跳，在風乃斜對面的坐墊上坐下。登美奶奶在我面前放下飯碗，裡面裝著炊飯。

「會煮太多了嗎？但你們正值成長期，應該沒問題吧。夭鬼的風乃也在，應該馬上就會吃光了吧。我會替你們準備再來一碗。」

「哪有！我才沒有夭鬼！我可是很恬靜的耶。」

滿臉笑容聞著食物香氣的風乃，慌慌張張搖頭。我不懂「夭鬼」是什麼意思，登美奶奶告訴我「就是貪吃鬼的意思」。

「真是的！我要開動了！」

風乃有點鬧彆扭地開動。但吃下一口的瞬間眉間皺褶立刻消失，滿臉笑容地不停舞動筷子。兩頰塞滿食物的樣子彷彿小動物一般令人莞爾。

「細嚼慢嚥，可別哽住了啊。」

「哈姆、哈姆，嗯……好好吃！」

她明明討厭人家說她夭鬼，但她似乎早已忘記這檔事，專注地吃晚餐。正如她宣示她要做想做的事情一般，她現在只熱衷在吃飯上頭。

而我也在吃了一口後，無意識地脫口而出：「……好好吃。」

「登美奶奶做的沖繩黑糖滷肉可是世界第一，再怎麼說可是放了一晚入味呢！」

風乃彷彿自己的功勞般相當驕傲。

乍看之下像東坡肉的沖繩黑糖滷肉這道料理，由豬皮、油脂、瘦肉三層組成，滷汁完全滲入肉中，焦糖色澤閃閃發亮。軟嫩得用筷子就能切開，放入口中瞬間融化，只留下熱呼呼的肉汁和甜鹹味。一轉眼消失無蹤，令人感到悲傷。

雖然這樣說，看著眼前滿臉笑容品嘗食物的風乃，其他每道料理也感覺相當美味。一轉眼，桌上只剩下盤子，甚至還又再來一碗飯。

「呼～吃飽了吃飽了！登美奶奶，感謝妳的款待！」

吃完後，風乃邊倒在榻榻米上邊拍拍自己的肚子。

「風乃，發睏前先回家去。」

「好喔！欸，海斗你明天起預定要幹嘛啊？」

風乃坐起上半身，衝勢十足地手撐桌子上半身往前傾。

我差點把「總之明天早上收到行李後，要去找作畫的地點」說出口，還是止住了。面對不和他人之間建立高牆，且毫不客氣踏入人心的風乃，只要一個不小心就會說溜嘴。

——我不想讓她知道我在畫畫。

已經不會再發生國中時相同的事情了，我理智上很清楚，那是彼此都是小孩才引發的不幸意外。即使如此，我還是很抗拒讓同齡的人知道這件事。

但是，無情的登美奶奶直說出口：

「我聽說他是要去畫畫，如果有需要的東西儘管開口喔。」

我在內心咋舌的同時，風乃驚聲大叫：「什麼！只是為了畫畫來旅行！超正式的耶！你想當畫家嗎？話說回來，你該不會已經是職業級的了吧？」

她的大眼閃閃發亮。

大概是秋山老師告訴登美奶奶的吧。畫油畫會弄髒手和衣服，確實得先和住宿的地方說一聲。但我不想要讓風乃知道。

「也不是那樣啦，因為我得要參加一個比賽，所以畫畫的老師才帶我來這裡。」

邊感受風乃隔著桌子帶來的壓力，我連忙否認。

「那樣也還是很厲害啊！你要畫什麼？」

「我只會畫風景畫。」

「是喔！你看上志嘉良島的風景，讓我誇獎一下你的品味！」

風乃笑彎眼，似乎打從心底感到喜悅。

「已經決定好地點了嗎？」

「不，還沒……」

「那我帶你參觀志嘉良島！我知道非常多好地點喔！」

「帶我參觀？」

「而且我非常喜歡這個島，所以我也希望你可以喜歡上這裡！」

「不，我……」

我瞬間想要拒絕，但她緊緊握住我的右手。

「你不用客氣！我們一起加油吧！」

為了洗淨油彩顏料而使用的洗劑讓我的手變得相當粗糙，和我的手不同，風乃的手水潤又柔軟。但她也太隨便和人肢體接觸了吧，我緊張到胃都縮起來了。

手被風乃握著，我朝登美奶奶拋去求救視線。但登美奶奶只是露出有點傷腦筋、有點傻眼的複雜表情嘆了一口氣：

「……海斗，可以請你陪風乃嗎？」

就這樣，我被逼進了無法拒絕的氣氛中。

有當地人領我參觀確實很棒，或許也會帶我去觀光客不可能知道的地點。但是我覺得太常和風乃待在一起會很危險。我想和他人之間築起高牆，而她會毫不在意地跨進來。

「不行，這樣不好意思，風乃同學應該也很忙吧。」

「不，別擔心！我超閒！因為我沒有事情可以做。可以幫上海斗反而讓我很開心！你得在哪時之前畫完啊？」

「我基本上預定住到二十號，在那之前。」

高三暑假很閒，這真的可能嗎？

「那正好，二十號開始就是盂蘭盆節，在那之前絕對要畫出好畫喔！」

「不用不用，真的沒有關係，不用理我。」

「我說沒關係啦！那肯定就是我的任務。」

風乃從正面注視著我，仍然緊緊握住我的手。老實說，我感覺無法拒絕。她比我至今認識的任何人都還要強勢。她為什麼會這麼堅持呢？為了一個毫無關係的陌生人耶，我絲毫無法理解。

「……好不好，拜託你。你就這麼討厭我嗎？」

風乃眉角下垂，嘴唇也抿成一線。剛剛還那樣活潑，轉眼間變成相當落寞的顫抖音調。這種反差真的太狡詐了。

我嘆了一口氣後點點頭：

「我明白了，那麼，因為我不想讓人看見我畫畫的樣子，所以只請妳帶我去找地點。聽起來好像在利用妳，這樣也可以嗎？」

「當然沒有問題！」

「畫完成之後也不會給妳看喔。」

「嗯，謝謝你！」

我覺得這條件很過分，但風乃似乎不在意，立刻綻放笑顏。

「然後啊，你說話可以輕鬆點，喊我也不用加稱謂啦！我們同年耶。」

「但、但是……」

不加稱謂直呼今天才認識的女生的名字，這難度也太高了吧。

「如果不願意，我就不帶你參觀。」

「沒關係，不帶我參觀也無所謂。」

「快點，快喊！」

風乃雙手環胸，表情恐怖地抬起下顎。從上而下俯視的看人方法很有壓迫感，雖然不恐怖，但讓我感到很新鮮，原來她也會有這種表情啊。

「那……風乃，請多關照。」

我結結巴巴說完後，她很滿足地站起身。

「嗯，請多關照！我明天早上再來！登美奶奶明天見！」

不等我們回應，她乒乒乓乓地跑走了。

大門立刻傳來「咖噹」關上門的聲音，彷彿颱風過境，一瞬間變得好安靜。

登美奶奶開始堆疊空盤子收拾桌子，我說著「我也來幫忙」後起身。

「幫大忙了。」

「不會，這只是點小事。」

「我不是說幫忙整理，是謝謝你願意和風乃當好朋友。」

「我們也還沒有變成好朋友啦。」

「或許是那樣沒錯，但看見風乃好像很開心，這讓我比什麼都感到高興。」

洗著碗盤的登美奶奶的聲音充滿真誠，不豐厚的臉頰柔軟地往上揚。

「她和妳感情相當好呢，吃東西也毫不客氣，從以前就是那樣嗎？」

「這個島上小孩很少，所以大家從小就很疼愛她。結果就養成一個小夭鬼了。」

所有島民都是家人的感覺啊，有種很鄉下的感覺。喜歡的人或許會很喜歡，但從小就被大家知悉一切讓我感到有點拘束。

「真的很不好意思，請你陪她到她滿足為止。」

「喔，我明白了。」

我明明是客人耶，怎麼好像有被強迫照顧她孫子的感覺啊。一想到明天之後要和才剛認識的女生獨處就讓我胃痛，但不知為何，無法忘懷風乃握住我右手時的溫度。

那天晚上，秋山老師打電話給我。確認我平安抵達民宿，也叮嚀我要和父母聯絡之後，提起大賽的事情。

『找到好地方了嗎？』

「還是晚上，我也沒辦法說什麼。啊，星星很漂亮。」

『這樣啊，請當地人帶你參觀最好，但你很不擅長這類事情對吧。』

「你真沒禮貌，我已經和人約好明天要帶我參觀了。」

我一答完，手機那頭秋山老師的聲音，轉為好奇心十足的語調。

『喔，你已經認識新朋友了啊？』

「對。」

『怎樣的人？』

「當地人。」

『聽你這種說法，該不會是女生吧？』

怎麼會這麼敏銳，真不愧認識我四年半。

「是，嗯，就是這樣。」

『還真有你的耶，戀愛很重要喔。「戀愛與藝術相同，全心投入，其中正有美好之處。」

這是岡本太郎說過的話。』

「不對不對，講太遠了啦。才不是那樣。」

『不，你的態度很可疑。感覺和平常不一樣。處男小朋友有過度想要隱瞞自己有在意女生的傾向。』

「你對高中生說什麼啊。」

『海斗，我懂你的心情，但你要好好畫畫啊。當你對女人神魂顛倒之時，其他的參賽者……不對，反過來說，身為教育者的我應該要說「想畫畫隨時都能畫」然後推你一把……』

我在此掛斷電話。其實更早掛斷也沒有關係，但為了感謝他特地帶我到志嘉良島來，我才陪他多聊了一下。

我也照著秋山老師的囑咐打電話給父母，也收到隆也傳來的訊息，但我懶得理，未讀就直接睡了。

醒來時已是早晨，蟬鳴總之很吵。把毛巾被蓋過頭就能忍受蟬聲，但這又變得太熱，結果我放棄睡回籠覺。

透過窗戶射進來的朝陽很刺眼，我拉起汗濕黏在身上，令人感到不適的襯衫領口搧了搧，用力打開窗戶。彷彿用力轉了音量紐一圈，蟬鳴變得更加大聲，感覺撲面而來的夏季熱氣纏繞我的身體。

萬里無雲的晴空。明明不是直射日光，陽光卻強烈到連眼瞼內側都痛起來了。當我呆呆眺望外面時，終於真實感覺我人在志嘉良島上。

我走到起居室時，只見登美奶奶坐在座墊上邊喝茶邊看電視。

「早安。」

「早安，早飯已經做好了喔。」

登美奶奶立刻起身，感覺我好像在催促她，讓我感到很不好意思。

「啊，請別忙。」

「你不用這麼在意，你可是客人呢。」

她這樣說著，敲著自己的腰往廚房走去。

總之我在桌子前的坐墊上坐下，呆呆看著電視。新聞正好要從運動新聞變成早上的占卜單元。我心裡想著「這種離島也和東京播放相同節目啊」這相當沒禮貌的事情時，登美奶奶端著托盤回來了。

紅皮的烤魚、白米飯和湯，還有幾片漬菜，是很簡單的早餐。

「謝謝妳，我開動了。」

雙手合十後握起筷子。老實說，比起魚，我更喜歡吃肉。最喜歡的早餐是維也納香腸和火腿蛋，烤魚頂多在肚子餓時才會吃，但登美奶奶做的沖繩鄉土料理讓人一口接一口。

紅色的烤魚，不是我家偶爾會出現的紅鯛。筷子一刺下去，魚皮「噗哧」一聲彈破滲出肉汁來。魚肉是白肉且柔軟，清爽的薄鹽味。從外表看起來，我還以為味道會更複雜，卻是很優雅平淡的味道。

「這是什麼魚？」

我一問，登美奶奶在托盤旁擺上裝有金黃色茶水的杯子，杯裡的冰塊哐啷作響。

「雙帶鱗鰭烏尾鮗，今天早上才剛捕獲。」

我第一次聽到這種魚。但話說回來，我對魚也沒有特別了解。邊想邊喝了一口茶。是沖繩香片茶，清爽的茉莉花香竄過鼻腔，和雙帶鱗鰭烏尾鮗的鹹味很搭，讓我每天早上都想吃這個。

「很好吃。」

登美奶奶說著「這樣啊」，平淡地把我的感想當耳邊風。

在那之後我沉默地繼續吃，電視聲、咀嚼聲、蟬鳴聲，偶爾還會有冰塊在香片茶裡裂開的高聲響起。

不覺得沉默很尷尬，反而覺得舒服。說到鄉下地方的老人家，就給人很愛照顧人，沒拜託他也會又做這個又做那個的印象。但登美奶奶似乎不是那類的人。

如果我是期待能和當地人交流的觀光客，應該會感覺不太滿足吧，但我正期待如此的對待。煩人的人際交往在學校裡已經夠我受了。

吃完早餐後，我呆呆地看著電視。登美奶奶說我可以轉台，我就隨意按遙控器的按鍵。幾乎都顯示「此頻道無法觀看」，勉強可以看的頻道只有四個。而且其中一個新聞節目還打上「本節目為七月二日播出的內容」的字幕，正好是距今一個月前的日期。

節目內容是有幾位島民在颱風引發的風暴潮中喪命。

我沒什麼看進腦袋中，在心中吐嘈「新聞不是即時有意義嗎？」後輕輕放下遙控器。

過了一會兒，門鈴聲響起。登美奶奶打算起身，我伸出掌心制止她，肯定是我的畫材送到了。

打開門，比我高一個頭，年齡大概超過二十五歲的大哥哥站在門外。他看著我的臉皺起眉頭，雙手抱著紙箱走過我身邊，把紙箱放在玄關。

「這是你的東西？你在這裡幹嘛？」

大哥哥脫下帽子，用衣袖擦拭額頭汗水，一頭偏紅棕髮，顏色不太均勻，與其說是染的，或許更接近被日曬曬到變色吧。眉毛很細，眉尾畫出剛硬的銳角。他身穿貨運公司的水藍色制服，但鈕扣解開了三顆，沒有好好穿好。外表給人不良少年小哥的印象。

「啊，是的。那個，我昨天開始住在這邊。」

我畏怯著他給人的壓迫感回答，他接著用力挑眉：

「啥？住在這邊？為什麼……」

「嗨待！大地哥哥，工作辛苦了！」

下一秒，彷彿要打斷他的話，有張臉從他寬大的後背旁冒出來。是風乃。她今天也是T恤搭配短褲的輕鬆打扮。因為大哥哥的恐怖態度而畏縮的我，聽到這開朗的聲音讓我打從心底鬆了一口氣。

「海斗，昨天以來不見！有睡好嗎？」

「啊啊，嗯，早安。」

我回答風乃後，大哥哥又皺起眉頭俯視我。

「風乃，妳認識這傢伙？」

「嗯，我們昨天開始變成朋友了。這是海斗。這個人是大地哥哥，你們兩個也要好好相處喔。」

「請、請多指……」

「什麼？開什麼玩笑？」

當我想點頭致意時，大地先生用威嚇的語氣怒吼。好恐怖。他為什麼要這麼生氣啊？

「大地，這是我認識的人，你別這樣嚇他。」

登美奶奶現身，大地先生像有話要對登美奶奶說而深吸一口氣，但又不說了。取而代之湊近我耳邊，低聲對我說：

「你這傢伙，要是對風乃出手我就斃了你。」

明明是盛夏的沖繩，我卻感覺全身冰透。過度恐懼讓我雞皮疙瘩從腳尖一路往頭頂爬升。

大地先生除了在玄關放下紙箱外，還把扁平的大型物品立在車庫中，接著請登美奶奶蓋章後離開。

我在這段時間全身僵硬站著，風乃用力拍拍我的背。

「啊哈哈！海斗你沒事吧？」

有事。單純因為被恐怖的人威脅而發抖，而且說起來，我本來就不擅長應付他人帶著惡意瞪我的眼神。

「那個人為什麼要那麼生氣啊？」

「他沒有生氣，你誤會了啦。」

「不對不對，再怎樣也沒辦法全盤否認他沒有生氣吧？」

「別擔心別擔心！他不會真的斃了你！大地哥哥很溫柔的。」

那叫溫柔？

「要是對風乃出手」就是指發展成男女關係吧？

為什麼要特地警告我這種事情呢？

「他該不會是妳的男友吧？」

我說完後，她捧腹大笑。

「啊——哈、哈！別開玩笑了！絕對不可能！」

「那是妳親哥哥之類的？」

風乃笑到上氣不接下氣地搖頭，既不是情侶也沒有血緣關係。但她說過島上的人就像全島都是家人一樣，肯定是哥哥生氣阻止我對妹妹出手的感覺吧。風乃與他人毫無距離感，我大概可以理解他以家人的視線擔心風乃的心情。

「下次再見到要怎麼辦啊。」

「你就笑著對他打招呼說『嗨賽！』就好了啊！」

「不是不是，那不行吧！如果被他看見我和妳在一起……」

「我做我想做的事情。就算被大地哥哥阻止，我也不會不來找你！」

「他或許會允許妳這麼做吧，但我會被他打得落花流水。」

登美奶奶安撫躊躇不前的我。

「別擔心，別看大地那樣，他很認真，沒有太嚴重的事情，他不可能對你動手。」

那叫認真？完全就是不良少年耶。

「完全看不出來耶。」

我仍然相當狐疑，風乃拍拍我的肩膀。

「是真的，大地哥哥是青年會的團長，如果你有煩惱可以去找他商量喔！他肯定可以幫上忙。」

「青年會？」

「嗯，島上的活動都是青年會主辦。另外，這個島上很多老人家，所以他們也會幫忙換燈泡或是幫忙搬重物。大家都很依賴大地哥哥喔。」

「是這樣啊。」

「現在只是因為快到盂蘭盆節精神緊張而已。對沖繩人來說，盂蘭盆節是最重要的活動。

長輩還會說『就算過年不回來，盂蘭盆節也一定要回來』喔。」

「這樣啊，我知道了啦。」

我回以像接受又像無法接受這個說詞的冷淡回應。我對當地人沒有興趣，而且就算天翻地覆了我也不可能去拜託大地先生。

我把東西拿進房裡，扁平的東西直接擺在車庫裡。就這樣，我邊害怕著大地先生，以「已經約好要請風乃帶我參觀小島」的名義，和風乃一起出門。

外頭豔陽高照，熱得只是站著就汗如雨下。

沖繩的氣溫似乎比東京低，因為離海比較近，也沒有阻擋海風吹入的山脈。也就是說雖然日照強烈，但有海風降溫。

根據今天氣象預報，東京氣溫三十七度，沖繩只有三十三度。但若要論是否為舒適的天氣，又絕非如此。

「好熱……」

我現在獨自站在距離南風莊徒步一分鐘的小商店「伊波商店」的玻璃門前。

額頭上的汗水流入眼中，我邊擦拭邊低頭看自己倒映在地面上的圓圓影子。強烈的日照讓影子顏色很深，可以清楚看見輪廓。有風也是熱風，更重要的是灼熱太陽把這一切一筆勾銷。這算是什麼修行啊。

「讓你久等了！風乃姊姊恩賜你冰涼的冰棒！」

玻璃門打開，風乃拿著兩支水藍色冰棒走出來。這種時候冰棒吃起來肯定很美味吧。我佩服想著，她還真意外地貼心呢。

「謝謝妳，多少錢？我沒帶錢包出來，待會再給妳。」

「不用，反正免費給我的。」

「免費？」

「島上所有人，只要我拜託，什麼事情都會答應我！」

風乃朝我遞出冰棒，我恭敬地接下。

「這不是商品嗎？」

「是商品！志嘉良島上的人真的都好溫柔喔。」

只要拜託什麼事情都答應，這也疼她疼過頭了吧。

「妳父母該不會是村長之類的吧？」

「嗯？不是喔，只是普通的漁夫。」

謎團越來越深了。肯定只是單純和大家感情很好而已。

「那麼，我們得要去尋找作畫地點才行。你有期望怎樣的地方比較好嗎？」

風乃邊啃冰棒邊問我，我稍微思考後回答：

「我想要找盡量完整保留大自然的地方，很少人出入的地方之類的。」

為了多少讓畫作更有個性，這樣的地點比較好。

「這個嘛……」

什麼問題都秒速回答的風乃難得躊躇。

「沒有嗎？」

「……有，有是有，但對海斗來說有點危險，所以我很猶豫。」

「是很危險的地點嗎？沼澤之類的？」

「不是，那對島民來說是很神聖的場所，如果靠近那邊……被大地哥哥扁一頓就能解決還算好的感覺。」

腦海浮現那張恐怖的臉。

「那我們別去那邊了吧。」

「不！我想要帶你去，走吧！」

「但那是禁止進入的地點吧？」

「外人禁止啦，但有我一起勉強過關！」

「真的不用勉強沒關係。」

「但要向你介紹志嘉良島，絕對希望你可以去看看那邊，不管發生什麼事都要去！」

風乃如此說完後邁開腳步，我只好跟上去。

那是島民的神聖領域，禁止外人進入的場所。

喜歡這類神祕事物的人應該會很興奮，但對我來說，如果最後沒辦法把那個地方畫成畫也沒有意義。再怎麼說，沒經過允許把島民珍視的風景畫出來拿去參加比賽也太欠缺常識了，我心想去看了也沒用，但風乃一旦決定要做就絕不退讓。

途中和幾位島民擦身而過，全都是老年人，風乃精神充沛地說著「嗨待！」打招呼。

順帶一提，風乃常掛在口中的這句話是沖繩方言，男性用「嗨賽」，女性用「嗨待」，是兼具「早安、午安、晚上好」這三個意思的萬能招呼語。

島民們絕對都會在看著風乃微笑後，看見我嚇了一跳，接著皺眉露出嫌惡表情。這個反應與其說讓我感到不愉快，更讓我感到困惑，但也逐漸習慣。和大地先生給人的威嚇感相比還能忍受。

「海斗，對不起，大家都不太喜歡外人。海斗皮膚白皙，一臉看起來就是內地人，所以馬上就知道你是觀光客。」

風乃相當不好意思地苦笑，我盡可能語調開朗地回答：

「我不在意啦。」

「特別是今年觀光客少，所以很醒目。」

「確實完全沒有耶。」

說起八月的沖繩離島，給人有許多觀光客的印象。但我來到島上後，還沒見到任何一個觀光客。來島上的高速船上也只有我和秋山老師兩個乘客，還真是罕見呢。

「嗯，但某種意義上也是很幸運啦！你因此可以獨占我耶！」

風乃邊倒退走路邊歪頭對我笑。

「如果還有其他觀光客，妳應該就不會想要理我了吧。」

「就是這麼一回事！」

風乃開朗肯定後，轉身面向前方。

確實如昨晚秋山老師所說，要我自己去請當地人帶我參觀，我絕對辦不到。我不想和其他人往來的心情，絕對勝過我想畫出好作品的心情。如果沒有風乃，我應該會跟無頭蒼蠅一樣在炙熱的太陽底下四處亂走吧。

「話說回來，我們現在要去的神聖場所，具體來說是怎樣的地方啊？」

我大步邁進，和風乃並肩而行，她表情相當認真地回答：

「是個叫『御嶽』，神明降臨的地方。沖繩本島和其他離島上，每個聚落都有幾個這樣的地方，有些地區念作On或是Wa，志嘉良島是念作Utaki。」

「類似是沖繩的神社嗎？」

「很相近，但不是建築物。有些地方有岩石做成的祠堂或祭壇。志嘉良島上的御嶽是跟高塔很像的高大岩石，那周遭的自然景觀幾乎沒有受到人為破壞，敬請期待！」

「但那邊禁止進入，要是被發現，我會被扁對吧？」

風乃沒有回我，只是瞇眼微笑。她天真無邪的笑容，有著無可言喻的魄力。

「還是別去了。」

我停下腳步和風乃抓住我的手腕幾乎同時。風乃宣言她無論何時都要做所有自己想做的事情，她那份強烈的意志，在她抱著必死覺悟徒手抓起海蛇時已經獲得證明。

我放棄掙扎，只能任她強行拖著我走。

大約走了十分鐘，走到被踏得平實的泥土路盡頭，眼前變成樹木茂盛的森林。

「接下來，你要小心別和我走散。要是被人看見你單獨在這裡可就糟了。」

風乃一臉認真地說著，四處張望環伺四周。

這是片榕樹森林，細枝相互交纏形成的特殊樹幹密集，這些又聚集成塊，彷彿好幾個巨人張開雙手一般。安靜得幾乎不自然，不知為何，這片森林聽不見蟬鳴。因為樹葉在上方重重交疊，阻擋豔陽照射，森林裡氣溫低且空氣潮濕。

地上長滿高及腰間的雜草，在我猶豫著真的要走進這種地方嗎？之時，風乃毫不躊躇地踏進去。我也害怕地跟在後面走。

因為風乃很習慣在森林裡行走，很快就拉開和我的距離，但她有禮貌地停下來等我。當我努力追上她後，她會對我微笑彷彿表示我很棒，像被母親誇獎的感覺讓我很難為情。

「平常真的不會有人來吧，完全沒有人走過的痕跡。」

我邊喘氣邊說，風乃用著比平常更小的音量回答：

「我也只有偶爾會來，基本上不會有人來。」

「這樣啊。」

「但聽說幾十年會有一次，全島民都會聚集到御嶽來。」

「那什麼啊？」

「我也不太清楚。」

風乃沒轉過頭來直接回答，真不愧是神聖的場所，她的話也變少了。

但話說回來，在我看來只是相同景色不停綿延下去，風乃卻毫不躊躇地前進，真是不可思議。

「妳是怎麼判斷方向？」

我一問，風乃停下腳步把食指抵在嘴上。

「……浪潮聲，沒聽見嗎？」

我把雙手立在耳邊，什麼也沒聽見。我搖搖頭，她嘲笑我「你還太嫩了」，這難度對都市長大的室內派來說太高了。

就這樣走了二十分左右，原本只有綠與褐的前方景色開始出現藍。

不一會兒走到森林盡頭，眼前一片晴朗的藍天。乾澀的風吹來，從植物的氣味轉變成大海的氣味。遠方可見白色飛鳥列隊滑過藍天。

地面是凹凸不平的岩石，五公尺前方是斷崖。我聽見海浪打在岩石上的聲音，崖下大概是大海吧，感覺有點高度。

「海斗，你有帶手機嗎？」

「嗯。」

風乃邊問邊伸出手，我從口袋中拿出手機遞給她。

她要拿來幹嘛啊？在我疑惑不解時，風乃把手機放在地上。

「怎麼了嗎？」

風乃沒有回答，無言地咧嘴一笑，抓住我的左手。

「走吧！」

「咦？去哪？」

說完後，風乃突然開始奔跑。

我身體往前傾失去平衡，拚命擺動我幾乎要絆倒的雙腳。

「咦，不是啊，風乃！危……什麼！」

接著，她不知道哪根筋不對勁，就這樣跑過岩石，跳下斷崖。

「嗚哇啊啊啊啊啊！」

「呀——！」

聽見我驚聲尖叫，風乃則是相當愉悅地大叫。

經過幾秒降落的時間，身體感受打在海面上的強烈衝擊，我的聽覺失靈。汗濕且發熱的全身被海水包裹。

就這樣不停往下沉，越往下水溫也越低，很是冰冷。

我瞬間重覆握緊右手再放開的動作，確認手是否正常，有沒有受傷。做出從崖上往海裡跳這種危險舉動，如果我的右手骨折，我就不能畫畫了，要是那樣就糟了。

右手沒有異常讓我安心了一下，接下來才理解她把我的手機放在那邊是因為要跳進海裡啊。

我沒拿衣服來換耶，怎麼辦。

一身濕的回到民宿，不知道登美奶奶會說什麼。

但話說回來，還挺深的耶。

沒問題嗎？我能確實回到陸地嗎？

我閉著眼睛，腦海中閃過無數想法，身體無止盡往下沉。

該不會就這樣溺死了吧。

我越來越不安、害怕。

在這之中，我唯一能依賴的只有風乃抓住我左手的手心溫度。

接著終於停止下沉，並慢慢往上浮。

我在水中慢慢張開眼睛。

突然轉頭看旁邊，風乃認真地直盯著我看。

在我閉上眼這段時間，她也一直看著我的臉嗎？

但那並非對因不安而發抖的我感到有趣的感覺。

是我第一次看見的，認真表情。

風乃的頭髮往上漂，身體表面倒映著光反射產生的網眼花紋，輕輕搖擺。

帶著一點綠的藍，被稱為人魚藍。

志嘉良島的大海正是人魚藍，而漂浮其中的她，無庸置疑就是人魚。

我們呈現趴著的姿勢，背部朝上慢慢往海面上浮。

時間流動相當緩慢。

風乃和我的身體間，有黃黑線條花紋的小小熱帶魚穿過。

感覺，這是幅超棒的風景。

我的思緒也變得從容，隨著海面越來越接近，海中也變得明亮了。如果有辦法繼續憋氣，真想要一直維持這樣。

此時，風乃的右手抓住我的肩膀。

就這樣承受海水的阻力，慢慢把我們的身體拉近，人魚的臉越來越靠近。

好近。

在我如此思考的瞬間，風乃和我的唇交疊。

「……！」

我嚇一大跳，太意料之外，完全無法理解，我把身體裡的氧氣全吐出來。唇縫噴出大量的氣泡，氣泡就這樣往上漂。

人生第一次接吻。

因為在水中觸感不明確，但我們的嘴唇確實互相交疊了。

海面已經相當接近，就快要浮出水面了。可以呼吸了。穿透海水的太陽光閃閃發亮相當炫目。

我已經無法思考。除了混亂之外也缺氧了。

腦袋一片空白，無法整理思緒。

在這之中，我心想，我大概一輩子不會忘了這個風景。

二、樞機紅也有夢想

雖然因為初吻而慌張，我還是跟在風乃後面，沿著岩礁游去。海浪如順風推著我的全身，幾乎只靠著隨波逐流的狀態前進。

在距離我們跳下的懸崖二十公尺左右遠的地方，有個岩岸。試圖用手指和腳勾住表面隆起的岩石想要上岸，但濕潤的衣服沉重，費了一番功夫。

由岩石構成的離島，聳立著高達十公尺以上的圓柱型大岩石，這就是風乃口中的御嶽。大岩石旁有石階，只要爬階梯就能抵達頂點。我邊小心別滑倒，邊爬上大約有五層樓高度的階梯，抵達大岩石頂點。

在那裡，我的視野幾乎全被天空與大海覆蓋。遠方可見我們剛剛跳下的斷崖，以及榕樹森林。

這個小小的離島就在志嘉良島旁，岩石頂端大約直徑十公尺左右，很平坦。雖然四處凹凸不平，但沒有人工介入，岩石只是暴露在風雨中怎麼可能變成這種形狀——這份不自然讓我很震撼。

我們背對著志嘉良島，在岩石頂端朝大海方向走去。連棵雜草也沒有的單調岩石上，只留下風乃的草鞋和我的鞋子的濕潤足跡。

被大海包圍且沒有任何遮蔽物，強風吹拂，濕透的衣服隨風用力拍打，感覺只要待在這裡十幾分鐘衣服就會乾了。

當我們走到巨大圓形舞台邊緣時，風乃張開雙手說：

「這裡就是志嘉良島的御嶽，如何？」

背對萬里無雲的天空與廣闊大海的她，彷彿身處世界中心。

「好壯觀，這裡確實給人神明降臨之處的感覺呢。」

我回答後，風乃滿足地微笑轉過去面向大海，在崖邊坐下，腳就垂放在岩石邊。

「以前這個離島本身更大一點，現在幾乎都泡在海水裡，只有這個岩石塔勉強留下來，因為這幾年海水水位上升了。」

原本是更大的島，然後這個如塔一般的大岩石就位於島的邊緣。

我原本想坐在風乃身邊，但這比我們剛剛跳下來的斷崖更高，雖然下面是大海，但本能對高處的恐懼讓我身體緊繃。我不敢和她一樣直接坐在崖邊，所以在稍微靠裡面盤腿而坐。

「島上的人也很不安，還說島上沙灘的形狀也變得很不同。」

因為地球暖化導致海平面上升是很常聽見的話題，比起只在新聞上得知這件事的我，大海就在生活圈內的風乃更有深刻感觸吧。

「我小時候，可以從陸地走到這邊來的耶，現在如果不搭船就沒辦法過來。」

「原來正常是搭船啊。」

「嗯，但跳下來比較快，而且很舒服啊。嚇到你真的很不好意思。」

風乃垂下眉尾，露出有點傷腦筋的笑容，海風從下往上吹動她的瀏海。露出這種表情，我豈不是沒辦法抱怨了嗎？

「沒有關係啦。」

沒辦法，我只好一臉無所謂地回應。而且老實說，在談論這件事情前，我更希望她先告訴我剛剛吻我的理由。風乃清爽無妝的肌膚，如剝殼水煮蛋般光滑，嘴唇也莫名性感。講白了，她比任何同學都還要可愛。青春期的高中男生被這種女孩子吻了之後，怎麼可能不在意。

我側眼偷看風乃，她認真地盯著水平面。完全不知道她在想什麼，我和女性相處的經驗壓倒性不足，無法查探她的真意。這是我至今不與他人接觸，只是不停畫畫帶來的弊害。

風乃的表情突然轉變為笑容。

「哎呀，思考也沒有用！時到時擔當啦。」

「時到時擔當？」

「就是到時總會有方法的意思！這是我們沖繩人常說的一句話。」

「你們真樂觀。」

「煩惱也無法改變任何事！如果不盡情享受當下就太浪費時間了！」

時到時擔當，這種思考很有風乃的個性，想太多也沒用。

「感覺妳似乎沒有煩惱。」

「啊，你在嘲笑我！」

我明明只是坦率佩服耶。她故作生氣地戳我的肩膀，在那之後用平靜的語氣繼續說：

「志嘉良島至今跨越過好多次危機了。所以這個水位上升，我也覺得真的不會有事。」

「危機？」

「大海嘯、大型颱風、乾旱還有瘧疾大流行……志嘉良島在歷史上遭受過好幾個重大災害。但是，每次都是所有島民同心協力阻止災害，並且重新振作起來。所以肯定沒有問題。」

「喔，原來確實有歷史啊。」

「啊哈哈，全都是我奶奶告訴我的就是了！」

風乃靦腆笑著搔搔後腦勺。

待一陣子後，我們走下石階又游進海裡。

來的時候很輕鬆前進，但回程沒辦法順利前進。聽風乃說，因為海流是往離島的方向流。距離我們跳下的懸崖幾公尺處，有個岩石逐段增高的地方，我們就攀著那邊往上爬。這還是我生平第一次做出全身濕爬上岩石這種行動力十足的行為，要是沒來志嘉良島，我大概一輩子都不會有此經驗。

海面距離懸崖大約六、七公尺左右，雖然比御嶽的塔低，但如果她事前告訴我要跳下來，我肯定會拒絕。

我撿起放在榕樹森林前的手機，打算塞進口袋裡，又因為衣服濕了而躊躇，接著問風乃：

「替換的衣服呢？」

「沒有啊，就這樣回去。」

風乃邊擰乾T恤衣襬，理所當然地回答。

「什麼，會感冒耶。」

「天氣這麼熱耶，感冒？馬上就乾了啦！我們沖繩人身體濕了也無所謂！」

「怎麼可能無所謂！」

「快點走啦！」

風乃說完後走進森林，我握著手機慌慌張張追上去，如果和風乃走散，我不可能不迷路地走出這片榕樹森林。

風乃和來時相同直直往前進，我看著她的背影，開始想著剛剛發生的事情該不會是我記錯了吧。

——我記得她確實在海中吻了我。

但是，風乃完全沒提及那件事，態度也毫無變化。

該不會，或許只是因為以為我溺水了想替我人工呼吸而已。雖然一般來說要在陸地上做，但狀況緊急所以在海中做？雖然這樣說，我也沒有狂亂掙扎，而且也睜開眼睛了。

或者那並非需要特地提出來講的事情？說起沖繩，到幾十年前和日本還是不同國家，親吻其實跟打招呼沒兩樣？是文化差異嗎？

思緒在我腦袋中轉個不停，風乃頻頻轉過頭來看我，確認我是否有好好跟上。每次和風乃對上眼都嚇我一跳，不知是喜悅還是害羞，是不安還是尷尬，搞不懂的情緒在我胸口混成一團。回程和去程在森林中步行的時間相同，疲勞感卻是兩倍以上。

「感覺可以畫成畫嗎？」

走出森林後，風乃如此問我。去程時我拚命只想跟上她，回程滿腦子想事情，完全忘了當初的目的。我搖搖頭。

「還沒辦法明說，得多看幾個地方才行。」

「這樣啊！那我明天帶你去別的地方！」

不知是否多心，感覺她說這句話的表情很開心。我心想「明天也能見到風乃」，之後立刻被有這種想法的自己嚇到。

和風乃分別回到南風莊時，登美奶奶面無表情地迎接我。看見我全身濕也沒多問什麼，只是拿毛巾給我要我去洗澡。

接著我畫完每天必做的素描後吃晚餐，九點就鑽進被窩了。

來到沖繩兩天，我過著相當健康的生活。電視頻道很少也沒節目可以看，我也沒有體力熬夜。餐點太好吃讓我吃得太飽，吃飽馬上想睡覺也是理由之一。

我躺著上網搜尋後才知道，沖繩人似乎幾乎都不撐傘。稍微被雨淋濕也不在意，遇到大雨就悠閒等雨停。

風乃口中「我們沖繩人身體濕了也無所謂」是事實，我邊想著「什麼啦」，把連接充電線的手機丟一旁去閉上眼睛。在那之後數分鐘，我的眼瞼內側浮現風乃在海中漂浮的身影，那也隨著我的意識淡去而消失。

隔天早晨，當我在起居室用早餐時，南風莊的電鈴響了。

「海斗你待在這裡。」

登美奶奶這麼說，所以我也不在意地繼續吃早餐。但我似乎聽見爭執的聲音，好奇地偷偷從櫃子後面探出去偷看。

玄關站著好幾位老人家，一臉恐怖地朝登美奶奶步步逼近。

「這和說好的不同吧！」

「妳到底打算怎樣？是要違抗神司嗎？」

「他會在送靈日前離開吧？」

「登美啊，這不是大家一起決定好的嗎？」

有人滿臉通紅口沫橫飛，有人一臉傷腦筋表情，各有不同。其中也有神祕的單字讓我聽不太懂，總之他們似乎在責備登美奶奶。

「我想怎麼做是我的自由吧。」

登美奶奶用毫無感情的聲音回答，對此，老人家們提高音調：

「怎麼可以隨妳自由！」

「是啊，這裡可是志嘉良島。」

「得要大家同心協力才行。」

我只有聽到片段也不得要領，但其中有人激動得幾乎要動手了。這裡是不是出面勸架比較好啊。但登美奶奶又要我別去。

在我掙扎之時，老人家們的怒吼聲停止了，一群人從裡向外往兩旁分開。

「嗨待！大家一大早精神真好！真是太好了！」

風乃側身擠過人群走進屋裡。

「登美奶奶！海斗在嗎？」

「他在裡面吃早餐。」

這個回答讓風乃露出燦爛表情。

「有我的份嗎？」

「……唉，真拿妳沒辦法。還有昨晚剩下的海蘊天婦羅。」

「太棒了！」

風乃踢掉草鞋，踏上台階。老人家們喊住她。

「喂，風乃！」

「妳沒忘了一個月前的事情吧。」

「而且，神司、青年會都已經開始行動了……」

風乃停下腳步，轉頭看老人家們。從我這裡只能看見她的背影，但剛剛還那樣情緒激動的老人們，似乎看見風乃的表情後被震攝住，紛紛倒吞一口氣。

「風乃，妳明白嗎？事到如今已經不可能停止了。如果又出現受害……」

「我知道，沒有人比我還清楚了。」

風乃的回答打斷聲音最激動的老爺爺，她的聲音在發抖。每個老人家都沉默著，從風乃臉上別開眼。我好好奇，不知風乃到底是怎樣的表情。

「我不會帶給大家困擾。因為這是我自己思考後自己決定的事情。所以只有現在就好，只要一下子就好，希望大家容忍。」

風乃不由分說地說完。一陣沉默後，他們心不甘情不願地離開了。

風乃關上門用力吐一口氣垂下雙肩，發現登美奶奶抬頭看著她，她無言地微笑。她們兩人朝這邊走過來，我慌慌張張坐回座墊上，假裝在吃飯。

「海斗！嗨待！」

「嗯，早安。」

我若無其事地舉筷吃飯回應她，登美奶奶看見我的盤子後嘆一口氣，大概發現她明明叫我乖乖吃飯，我的飯卻完全沒有減少吧。

在那之後，登美奶奶從廚房端來風乃的份，我們倆就一起吃早餐。風乃吃了和我等量的一餐份量，我問她出門前沒吃早餐嗎？她說她吃完了才出門。似乎是登美奶奶做的菜很好吃，所以有另外一個胃。

完全沒提及她們剛剛和那些老人家之間的對話。雖然很在意，但我不想被捲進當地人的紛爭中，所以也沒主動問。

「今天帶你去看我的母校！」

風乃如此說道。我們朝著志嘉良島唯一一間，國中小合一的學校「志嘉良中小學」出發。

「學生人數應該很少吧？」

我一問，風乃朝我張開雙臂。

「全校十個學生，五個小學生、五個中學生，順帶一提，老師還比學生多。」

我想像寬敞教室中只坐著五個人的畫面。運動會時該怎麼辦啊，畢業典禮應該也一下子就結束了。

「島上只有到國中，沒有高中對吧，那妳怎麼辦啊？」

「志嘉良國中畢業的人，一半會去工作，一半會繼續升學。升學的人幾乎都到石垣島念高中吧。」

「咦，坐船通勤到石垣島去嗎？單程就要花一小時了吧。」

「怎麼可能！每天往返要六千日圓不可能啦。」

「這樣說也是。」

「石垣島上每間高中都有宿舍，因為八重山諸島各離島的學生都聚集到石垣島。」

住宿生活。風乃肯定很多朋友，想必過得很開心吧。對我來說，二十四小時都和學校同學待在一起也太麻煩了。

「開心嗎？」

「超級開心！兩人一間房，我和志嘉良島上的兒時玩伴一起住。」

「兒時玩伴？」

「一個叫小京的女生，是島上最可愛，歌聲世界第一好聽的人！」

「世界第一也說過頭了吧？」

「你聽過就知道！比隨便一個歌手唱得還要更好聽……嗯，但她最近不太願意唱給我聽就是了。」

風乃搔搔後腦杓，「啊哈哈」一笑。

「因為放暑假，所以我回來島上，小京在石垣島上包吃住的地方打工。啊～真想快點見到她！」

就在我們聊著這些時，抵達志嘉良中小學。可供兩輛車錯身而過的寬敞校門大開，可以隨意進入。木造平房的校舍，說好聽一點是帶有古老風情的學舍的感覺，說難聽一點就是破破舊舊，感覺隨時都會垮掉。

令人意外的，操場上沒什麼雜草，似乎常常有人整理。環伺四周後，我發現操場角落有個不可思議的東西，還迅速看了第二眼。

是山羊。就站在大樹的樹蔭中。

「小白！」

風乃朝山羊狂奔而去，緊緊抱住山羊。山羊發出低鳴聲閃躲。

我也戰戰兢兢地走近，大小大約及腰，一身乳白色的毛。鬍鬚往下垂，圓滾滾的眼睛不知道在看哪。很乖巧，風乃不停搓揉牠的側腹，牠任由風乃搓揉。

「那是山羊對吧？」

「嗯，是小白！請多指教喔！」

小白瞥了我一眼，立刻不感興趣地轉過頭去。

「為什麼這裡會有山羊？」

「因為養在學校裡啊，牠會幫忙吃雜草，很棒的耶！」

所以雜草才這麼少啊。雖然這樣說，就算再有用，養在學校裡的動物不是兔子或雞而是山羊，價值觀差太多了。

「養山羊也太驚人了，不會很辛苦嗎？」

「會嗎？我們代代都養山羊，我也不知道耶。海斗也來摸啊！」

「不，不用了。」

風乃嘟起嘴來。

「什麼！明明這麼可愛耶！」

如果是在動物園的柵欄裡，或許我也會天真地覺得很罕見吧，但對我來說，這種大小的動物近在身邊只會先湧出恐懼。

但在風乃眼裡，牠似乎相當可愛。她之前也曾說海蛇很可愛，就跟女孩子和貓狗嬉鬧一樣。

肯定對風乃來說，無關乎危險性或外表，只要是動物都很可愛。喜愛生物的態度很偉大，但我希望她能有自覺那個嗜好屬於少數。

「小白是養到目前的山羊中最可愛的，啊啊，這麼可愛肯定也超級好吃。」

就在我差點認同自己的想法時，風乃口舌伶俐說出口的這段話改變我的認知。

「要吃掉牠？妳這麼疼愛牠還要吃掉牠？」

「這是當然的啊！」

「牠不是寵物嗎？」

「山羊是食物！」

「山羊是食物……」

小白毫無抵抗地任由風乃拍打牠的肚子。

「也差不多到了該宰來煮成羊肉湯的時期，但牠正好前陣子懷孕了。也好想讓海斗嘗嘗呢。」

「不、不勞費心，我心領了。」

沒想到會從高中女生口中聽見宰殺山羊這幾個字。

「養牠的小學生們不會在吃的時候哭出來嗎？」

「為什麼？」

「那個，因為有感情了。」

「大家都會滿臉笑容吃著說很好吃喔。」

「這、這樣啊。」

這是文化不同。小白在我嘆氣的同時叫了，「啊啊啊啊！」彷彿小幅度吐氣的聲音。突然出現的大聲量讓我差點嚇軟腿。

「你看！小白也希望海斗吃牠！」

「那只是人類做出對自己有利的解釋啦。」

「啊哈哈！好深奧喔！」

風乃看起來什麼也沒想似地張大嘴大笑。

「但不管怎樣都會死，我覺得牠應該希望被大家美味品嘗！」

「是這樣嗎。」

「就是！我也是，如果要死，能幫上誰的忙也會讓我比較開心！」

風乃說完後抓住我的手，就這樣拉著我，強硬把我的手貼在小白的側腹上。

「……啊！」

我和小白都嚇得抖了一下，感覺小白的鼻息似乎變得稍微粗亂。

「你看，牠很開心！」

「這、這是開心嗎？」

我覺得反而是不開心吧。

小白身體溫熱又毛茸茸的，也不是無法理解風乃想抱住牠的心情了。但是，深刻傳來生物活著的感覺，我心想，我大概一輩子無法理解能笑著吃掉牠的心情。

在那之後，我們遇見島上的小學生們，他們正在體育館裡打籃球。一年級到六年級的五個人全部到齊，他們正為了與隔壁小島上的波照間小學的練習比賽拚命特訓當中。

「各位！有在努力嗎！」

風乃一附了不起的模樣挺胸走進體育館，滿身大汗一臉嚴肅的孩子們立刻展露笑顏，跑到風乃身邊來。

「是風乃姊姊！」

「姊姊，一起打籃……」

接著在發現我之後，立刻轉為驚訝表情。

「……他是風乃姊姊的查埔嗎？妳拋棄大地哥哥了嗎？」

身材最壯碩的六年級男生邊上下打量我邊說，低年級的女孩們在旁邊竊竊私語。查埔是什麼意思？風乃滿臉笑容地否認：

「才不是！話說回來，我跟大地哥哥也沒有交往！」

從文脈上推測，應該是方言中「男友」的意思吧。

「風乃姊姊和大地哥哥從以前就常常在一起，我還以為你們會結婚耶。」

男孩如此說完後，大約小他一、兩歲的女孩們立刻反駁：

「但是大地哥哥最近變成青年會的團長之後感覺變了。」

「就是因為那樣啊，最近也因為盂蘭盆節快到了，緊張兮兮的無法接近。」

「不可以挑恐怖的男人，這個哥哥感覺很溫柔，選他比較好。」

「男人就是要恐怖點才帥氣！」

「什麼，你這鄉下人想法太老舊了吧！現在男人要溫柔才受歡迎啦。」

我把他們的會話當耳邊風，想起昨天風乃吻我的事情。

看見風乃微笑點頭沒有一絲害臊，看來在意的只有我一個。

「哥哥是觀光客嗎？」

男孩如此問我，我點點頭：

「嗯，對喔。」

低年級的女生接著小聲說：

「今年第一次看見觀光客耶。」

「第一次？」

確實如此，我來島上三天了，還沒有遇到其他觀光客。似乎連住在這裡的這些孩子們也還沒有見過。

「哎呀，本來就不多嘛。大部分的觀光客都會去石垣島或宮古島。」

「因為志嘉良島什麼也沒有啊。」

「啊～～都市啊，真希望起碼可以生在石垣島。」

小學生們嘆氣，風乃面無表情地聽他們的對話。她的表情看起來好悲傷，讓我心痛。我忍不住幫忙講兩句。

「會嗎？我就覺得我真想要生在志嘉良島。」

果不其然，小學生們一陣噓聲。

「嘎？為什麼啦？」

「ＪＵＭＰ也要星期四才買得到耶！」

「而且還沒有連續劇看！」

他們氣勢十足地抱怨不滿，我邊苦笑邊說出老實的心情：

「對我來說，大海、星空和紅屋瓦房子都是只能在這裡看見的景色，所以全部都很感動。都市裡的大多是隨處可見的東西，志嘉良島上都是只有志嘉良島才能看見的東西。」

我為了畫風景畫來到這個小島，或許因此更深有感觸吧。都市的街景或公園都是一成不變的景色，任誰都有辦法想像。

但志嘉良島完全不同。如果沒來這裡，我就不會看見流星。從懸崖下方吹來強風，岩石上長著青苔。山羊很溫暖且活生生的。有著人工燈飾和灰色水泥中沒有的溫暖自然色彩。

雖然我有這些知識，但實際用五感來感受的經驗完全不同。雖然是隨處可見的發現，但我認為，如果我沒來這個小島，大概一輩子都不會發現。

我是抱著這種想法說，但孩子們完全無法接受。

「唉，觀光客就只會說大自然。因為只有這點可誇啊。」

「我不需要那種東西，想要打扮得漂漂亮亮去星巴克！」

對這些孩子來說，星巴克似乎比大自然還有價值。而我呢，其實也只是認為別處的土地比自己的家鄉好，和他們的主張沒兩樣。兩邊都在追求自己沒有的東西。

在我沮喪沒辦法好好說服他們之時，風乃突然從正面抱緊我。

「海斗！我好開心你喜歡上志嘉良島了！」

「哇啊！」

她的手臂環住我的脖子，我的臉頰碰到風乃的臉頰，從她頭髮傳來香氣。因為身體親密接觸而混亂的我，雙手朝下伸直，全身僵硬。孩子們視線調侃地看著這樣的我。

「哥哥臉好紅，中暑了嗎？」

「不是不是，他是在害羞啦，因為風乃姊姊太可愛了。」

我真想馬上摀住臉，但我的身體拒絕動。這麼說來，風乃帶我參觀的理由就是「因為我希望你也能喜歡上我最喜歡的志嘉良島」。

她和我與孩子們不同，打從心底喜歡自己出生長大的土地。她肯定是在這個小島生活到現在，真的非常開心才會這樣想。絕對會去做自己想做之事的生存之道，和任何人都能拉近距離，這種大家都喜歡的個性，當然到哪裡都能活得很開心。

而我也開始受到風乃影響，雖然對方還是小孩，我卻老實說出自己的心情試圖說服他們。這是先前的我絕對不可能做出的事。

如果不被理解，那就不需要說，我也不希望對方理解，只要我能單獨畫畫就好了。我明明都是這樣想的啊。

在那之後，我們打籃球到日落。後半是小學生五人組對我和風乃兩個人的球賽。

風乃正如其外表，運動神經很好，儘管赤著腳還是漂亮地帶球過人以及投進三分球，把孩子們耍得團團轉。而我則是明顯扯後腿。我是大外行加不折不扣的靜態派，這也沒辦法啊。

風乃一路戰到最後的最後一刻，創造出只差一球讓小學生隊伍獲勝的結果。太體貼了。而且她絕對不會來阻礙扯後腿的我，我雖然打很爛，但可以隨心所欲地打球，而且還生平第一次進籃，和風乃擊掌。那晚，在我畫素描時腳抽筋尖叫也是個美好經驗。

隔天，風乃晚上八點來訪。

「海斗，你會怕鬼嗎？」

「很怕。」

「那我們走吧！」

不管怎麼想都只有不好的預感，但我知道無法阻止風乃。

沒有辦法，就在幾乎所有人家沉睡之時，我們步行在如深夜般昏暗安靜的島上。

抵達志嘉良中小學，儘管是夜晚，校門卻理所當然地敞開。這個島上似乎沒有關門的概念。白天也讓人感到恐怖的破舊木造校舍，不出所料，佇立暗夜中的校舍散發出陰森的氣氛。

「試膽大會！」

風乃彎曲後背，舉高手垂下手掌裝出鬼魂的樣子，但她的笑容太燦爛，一點也不恐怖。

「已經和尋找畫風景畫的地點無關了耶。」

「啊哈哈，晚上的學校很有氣氛，也是很有個性的風景吧？」

風乃肯定只是想玩而已。但我看見校舍也覺得「確實如此」。

如果遵循秋山老師「放感情」的指示，我只要真心感覺恐怖，我的畫或許也會洩露出恐懼的情緒吧。確實有嘗試看看的價值。

「……我知道了，走吧。」

我真的很害怕鬼故事或恐怖電影，可是盡量避開這些東西活到現在。

現在也是，只是遠遠眺望校舍，腳就快要發抖了。但只能上了。這對繪製大賽參賽作品有其意義。

明明是風乃提議的，她卻相當意外地問我：

「你看起來很勉強自己耶，真的要去嗎？」

「嗯，因為只知道外表和實際體驗還是不同。如果我要畫這邊，認真感受恐懼肯定可以畫出更好的畫。」

「……這樣啊。」

風乃附和著，接著說明規則。似乎是要走到校舍最裡頭的美術教室，然後兩個人用手機合照。

「那麼，走吧。」

風乃朝我伸出手。

「咦？」

「快點。」

我在她催促下握住她的手，風乃「嗯」點點頭，似乎對牽手沒特別感到害羞。因為風乃的態度給我理所當然的感覺。

我們從操場朝校舍邁進，白天那般喧鬧的蟬鳴聲早已靜止，取而代之，四處傳來蛙鳴聲。小白在樹下睡覺，牠的肚子隨著呼吸上下起伏，明明是懷孕中的母羊，卻發出可媲美中年大叔的大鼾聲。

校舍的玻璃門沒有上鎖，裡頭消防栓的暗紅色淡淡發光。

一般來說，即使沒有人也會啟動保全系統，要是有人入侵馬上會被保全發現，但這裡似乎沒這種東西。

打開玻璃門，生鏽的蝴蝶絞鍊發出刺耳高聲。星空明亮，校舍內顯得更暗。就像正統的恐怖電影場景一般，讓我軟腳。

「要在全黑中前進嗎？」

我努力注意別讓聲音顫抖。

「我是打算那樣，海斗想要燈光嗎？」

「對，拜託了。」

「看不到腳邊也很危險嘛。」

取得風乃許可後，我用手機的手電筒照亮前方。令人意外的，建築物裡頭蓋得很堅固，是水泥地板。腳底踏地時的冰冷聲音回響。雖然可以看見前方幾公尺，卻也讓黑影面積擴大而更顯陰森。

「風乃完全不害怕嗎？」

從她的手中完全感覺不到恐懼。

「嗯。」

「明明是女生，妳還真強。」

「因為我們身邊又沒有。」

「咦？」

這句話讓我起雞皮疙瘩。風乃停下腳步緊盯著我看，不對，看似在看我，但她的焦距不在我身上，而是呆呆看著周圍的感覺。彷彿正在看我看不見的什麼東西。光靠這一句話和視線，讓氣氛瞬間變化。

「那個……也就是說，風乃是看得到的人？」

「如果我說是，你會怎麼樣？」

在校舍前模仿鬼的動作一點也不恐怖，但現在的風乃比剛剛恐怖上百倍。彷彿完全變了一個人。我感覺汗濕的後背慢慢滑過冰冷的水珠。

這演技太逼真了，沒錯，這肯定是演技，風乃正在演戲想要讓我害怕。這是演技。我不停說服自己。

「少來少來，別開玩笑了。」

我想要稍微緩和氣氛，提高聲調笑道。

「……」

「喂，妳也說些什麼啊！」

風乃沒有回應，直接邁出腳步，像被什麼附身般很恐怖。和她牽著手卻完全沒有安心感，全身被寒意侵襲，特別是後頸處起了大量雞皮疙瘩。

靠著手機燈光在空無一人的長長走廊上前進，右側是窗戶，左側有教室，教室入口旁邊有櫃子。

她說「我們身邊又沒有」，也就是說遠一點的地方有？教室裡？操場上？還是在前面？

「……我奶奶是猶他。」

風乃在走廊上邊走邊說，她的音量小到幾乎要被外面的蛙鳴聲掩蓋。照亮腳邊的燈光輕輕晃動。

「猶他？」

「就是沖繩的巫覡。」

「這、這樣啊。妳不是說妳父母是漁夫嗎？」

「嗯，因為我爸是男的啊，猶他基本上只有女性可以當。」

「原來是這樣啊。」

「嗯。」

「……那風乃也是？」

我戰戰兢兢地問，雖然很討厭這種要往恐怖話題發展的感覺，但我被風乃創造出來的氣氛吸引，不想要結束對話變得安靜。

「奶奶說我也有力量，但是我還沒有看過鬼。」

聽到這，我稍微安心了一點。

「什麼啊，那剛剛妳說我們身邊沒有是在開玩笑的啊。妳還看不見對吧？」

「呵呵呵。」

那是不肯定也不否定的無畏笑容。我比較希望可以恢復平常張大嘴巴開朗歡笑的風乃耶。

「擁有猶他力量的人，只是時機一到就會體驗卡密達利，這是被神明選上的訊號，只有通過這一關才能成為真正的猶他。」

「卡密達利？」

「可能發高燒昏睡，或是就是想要去遠方等等的，聽說每個人都不同。在那之後舉辦儀式才會成為猶他。」

「那個，不、不恐怖嗎？」

「不恐怖喔，這個小島要是沒有猶他，生活就不成立。而且說到底，全虧有許多猶他才有現在的沖繩。」

話題越來越往靈異面發展了。從我的常識來看，神明或是儀式這類的只是可疑不可信的東西。

但這島上的人似乎連靠近御嶽的外人都不惜動用暴力，認真相信這些習俗或是傳說也不奇怪。

實際上風乃的表情相當認真，完全看不出來在開玩笑。

「風乃想成為猶他嗎？」

「我……」

風乃又因為我這個問題停下腳步，我們停止，燈光照射著腳邊，由下往上的冰冷燈光在風乃臉上創造出陰影，看起來很蒼白。

氣氛緊繃，有種凍到發寒的感覺，我不禁屏息。

「……我啊，很喜歡奶奶和志嘉良島上的大家。」

風乃說完後歪著頭「啊哈哈」笑了，氣氛瞬間輕鬆起來。

風乃的笑聲在昏暗走廊上響起，她一如往常的輕鬆表情讓我放鬆肩膀力量。雖然答非所問，但怎樣都無所謂了。

「我試著演戲想讓海斗真的害怕，很恐怖嗎？」

「啊，是這樣啊。」

風乃苦笑著問「你發現了？」要是真的想讓我害怕，別牽著我的手就好了。但感覺這樣說之後她會放開我的手，所以我沒說出口。

「那麼，我說個奶奶告訴我的鬼故事吧。」

「那有多恐怖？」

「昨天那些小學生真的嚇到尿出來的恐怖。」

「那別說了啦。」

「那是發生在奶奶十二歲的時候……」

彷彿徵詢我的意見根本沒意義，風乃開始說故事。

風乃抑揚頓挫十足的語調充滿臨場感，讓我腦海中清楚浮現出畫面。她的演技絕佳，我好幾次差點軟腳。

幾分鐘後，我們抵達美術教室。一直繃緊神經的我，此時已經筋疲力盡了。

教室擺著木造桌椅，前方有可以上下滑動的大黑板，上面的日期寫著七月二十日。大概是放暑假前最後一次上課的日期吧。後面牆上貼著水彩畫，是風景畫，相當有孩子的風格。

窗邊擺著三個石膏像，雖然窗戶關著，但因為窗簾沒拉上，石膏像背對著星光，逆光讓它們看起來很恐怖。

「快點拍完照快走吧。」

都怪風乃說了好多鬼故事，我徹底恐懼，根本管不上丟臉地緊緊握住她的手。

「啊哈哈，真拿你沒辦法。但機會難得，要不要塗鴉作紀念？我畫海斗，然後在肖像畫上面寫『高木海斗來了！』這樣！」

「可以別這樣做嗎？會變成我的黑歷史。」

「那海斗也畫我啦！我想要看未來畫家畫的畫～」

「咦？」

風乃站在黑板前，捏起粉筆遞給我。我交互看了粉筆和風乃的臉好幾次。

如果我在這裡畫畫，風乃會說什麼？因為我比一般人畫得更好，或許她會用一如往常的興奮情緒對我說「好厲害喔！」

現在的我在她心中應該是個運動白癡、膽小鬼、很沒有用的男生，她會稍微對我另眼相看嗎？

——好想得到風乃的誇讚。

這種想法閃過腦海，我自己嚇一大跳。

因為國中發生的某件事，我開始堅持不讓秋山老師與雙親以外的人看我的畫。別人的反應讓我恐懼。

但與之同時，我喜歡畫畫喜歡到想要畫一輩子。所以再這樣下去不行。如果要把畫畫當作工作，就得要考上美大。為此，我需要在大賽中得獎。也就是說，我得讓其他人看我的畫。

「……你這麼不願意嗎？」

在我沉默時，風乃縮回她拿著粉筆的手。我抱著像是安心、又像遺憾的無可言喻的心情點點頭。

「哈哈，對不起。」

「沒關係！你也說過你不想讓人看見你畫畫的樣子。我覺得很有藝術家的感覺很棒！那我來畫你，你別動喔！」

風乃豎起粉筆，朝著我伸直手，瞇起單眼凝視我。這是在素描時，為了正確量測模特兒比例的視物方法。

「還真是專業耶。」

「雖然我不知道這動作要幹嘛的。」

正如她的回答，風乃根本不在乎比例，毫不躊躇地在黑板上畫出一個圓。以輪廓來說，這也太圓了吧，此時一眼即可看出她是初學者。

風乃完成的畫，就算保守點批評也是畫得很爛。眼睛上有謎樣的閃光，嘴巴位置太左邊了。就算加入立體主義的概念，也是勉強無法擁護的程度啊。她把我的臉畫得比實際上還大，彷佛小學生的畫作。

「如何？畫得很棒對吧！」

風乃表情充滿成就感，拍拍手指上的粉筆灰。

「嗯，是很自由自在的好畫。」

這是我的真摯感想。雖然用粉筆畫有無可奈何的部分，但她線條畫歪了也毫不在意，有力地畫到最後。毫無迷惘。我覺得展現出風乃無論何時都要做到想做的事情的性格，但風乃訝異地瞇起眼睛。

「……你是不是難得地嘲笑我了啊？」

「才沒那回事，這是只有妳能畫出的好畫喔。」

「啊哈哈，是這樣嗎？」

「就是。」

風乃滿臉笑容朝我伸出手，我們再次牽起畫畫時放開的手。

「那麼，我們拍完照就回去吧！」

啟動相機模式，拍照。透過鏡頭看，黑暗中，大大的肖像畫在燈光照射下顯得很詭異。

那之後，我們順著走廊往回走，走出校舍。在外面重看一次照片，那幅畫仍然相當詭異卻讓人留下印象，總覺得有點喜歡。

但是，畫面角落突然吸引我的視線，有點不太對勁。

「咦？」

我一低喊，風乃身體靠過來，和我一起看畫面。

「怎麼了嗎？」

「窗戶有打開嗎？」

並排的石膏像後方是窗戶，從這張照片上來看無法判別窗戶是否有打開，但看起來似乎有風輕輕搖動窗簾，窗簾輕柔地鼓起來。

不僅如此，還隱約看見窗簾後方有個黑色的人影，彷彿那間美術教室裡還有我們以外的人存在。

「這也是妳設計的？」

我抱著期待如此問，但風乃用力握痛我的手，臉色蒼白。

「海斗……」

看見她的表情，我的雞皮疙瘩從腳底迅速往頭頂竄升，我們立刻刪除照片，幾乎上氣不接下氣地快步走回家。

接下來的一週，我和風乃去了許多地方。

首先，去了位於東邊沿岸的志嘉良燈塔。說是燈塔卻相當矮，大概只有三層公寓的高度。

但從裸露在外的樓梯走上去躺下後，視野中只有星空，彷彿自己投身於宇宙空間中。每三十秒就能看見一顆流星，中途開始感到麻痺，理所當然到甚至感覺「又是流星啊」。風乃就躺在我身邊，我們對上眼時她突然朝我微笑，我費盡千辛萬苦才能故作平靜。

我們也去了島上唯一一個牧場。牧場主人的老爺爺一看見我就咋舌，但對風乃很溫柔。看著幾乎動也不動的牛群，時間彷彿停止流動，悠閒又療癒了我。

同為八重山諸島離島的竹富島上，似乎有水牛車。那是讓大型牛隻拉車載觀光客在島上觀光，聽說深受好評。

風乃告訴我「水牛會游泳渡海喔」時，我還想著怎麼可能有那種蠢事，之後拿手機一查，還真的耶。牛會在大海游泳，沖繩什麼事都可能啊。總有一天想要看看。

另一天，我們直接潛入海裡。風乃拿著魚叉，那是長約一公尺的長槍，利用彈力繩的力量，可以在海中叉魚的工具。風乃用這個抓了好幾隻魚，我也試了，但全被避開。魚群完全不在意我的攻擊，優雅地與海浪嬉戲。感覺被牠們瞧不起，讓我好生氣。

風乃替我找到魚群藏身的洞穴，讓我嘗試「趁魚無處可逃時下手」這種初學者的捕魚方法，但我連這也無法成功。

風乃當場將抓到的魚，活生生地切成三大片，接著片成生魚片給我吃。生魚片入口瞬間，我和黑眼珠仍相當清澈的魚對上眼。總覺得魚充滿怨恨讓我躊躇，但風乃對我說：「只要你好好品嘗就沒問題了！」所以我好幾次連連高呼：「好吃！太好吃了！」

＊

經過十天後的晚上，秋山老師打電話來。

『海斗，你最近的筆觸出現變化了喔。』

秋山老師給我的功課是每天要畫一張素描，每天在風乃回家後，我會花上兩、三個小時繪製，接著把完成的作品拍照傳給秋山老師。

「不、不好意思。」

今天我畫了南風莊的綠色骨董電風扇後傳送，在那之後他打電話來的第一句話就是這個。

我還以為是我成天在玩，所以技巧退步了，但似乎並非如此。

『是好的意思。』

「這是什麼意思？」

『你目前為止畫的每一個線條都太仔細了，欠缺趣味，但你這張電風扇是靠直覺描繪，是正面意義的不穩定。』

我耳邊貼著手機，低頭看畫紙。確實和十天前不同，連照片都能看出其中變化。

「繪製的時間只有之前的一半左右，我應該要花更多時間畫嗎？」

『不，和時間無關。有時比起花半年時間的畫作，只花五分鐘畫出來的塗鴉更有價值。關於這幅畫，再花更多時間也只是讓畫面變黑而已，不會有更多變化，是該收筆的時候。』

「我明白了。」

『你和當地的女生交往了嗎？』

「唔欸！」

意外的提問讓我發出怪聲。

『素描筆觸產生改變，也就是指每個線條的力道，頓、撇、捺，線條到線條之間的間距不同出現改變。這也表示畫畫時的心境產生改變。』

「也就是說，筆觸的變化代表心境的變化？」

『沒錯。』

「那為什麼會扯到女性話題？」

『男人出現改變九成是因為女人。』

「這是哪位畫家的名言啊？」

『是我個人的理論。』

不知為何，我毫無意義地站起身，調整氣息。

「……我們沒有交往。」

『是這樣嗎？你這傢伙，應該是喜歡對方，但還在牽牽手就心頭小鹿亂撞之類的階段吧。唉。』

手機那頭傳來似乎在嘲笑我的嘆息，我原本想要反駁他說我們接吻了，但我自己也很懷疑那到底是不是現實。

「才沒有牽手。」

我說謊了，秋山老師應和著「這樣啊」。

『你不否定你喜歡她啊。』

「唔！」

『這樣就好了，對你的畫有好影響。好好珍惜你心情的變化，以及五感捕捉到的每個感覺。』

「……我知道了。」

『盡情享受短暫夏日的回憶。』

「嘖。」

我清楚咋舌一聲後才掛斷電話。

雖然我不想承認，但秋山老師所說的全部正確。無庸置疑，我認識風乃之後，我的畫開始產生變化。和風乃之間的關係，僅限於我在小島上的時間，真的只有一個夏天。前提是我們就這樣停留在觀光客與當地女生的關係。我回東京後，大概再也不會見面了吧。

我，不想要這樣。

隔天，風乃也到南風莊來。

想著「得做出什麼決定性行動才行」，卻在什麼也說不出口的狀況中，只有時間不停流逝。

理由很單純，因為我害怕。我從未與他人建立親密的關係，更別說是自己在意的女生了。那是只在創作故事中看過的未知世界。

「我們大概把志嘉良島走遍了，你還沒決定要畫哪邊的風景嗎？」

風乃邊在甘蔗田間的農道上倒著走邊說，今天也是豔陽高照。風乃的臉很紅，也很難得看見她流汗。不知是否多心，感覺她還有點喘。

「嗯～～這個嘛……」

已經逛夠小島，我的筆觸也出現改變到讓秋山老師誇獎我了，只要開始動筆作畫，應該可以畫出比先前更好的好作品。

但這樣一來，我就沒有理由和風乃見面。對我這種慢熟的男人來說，需要理由。

在我不知該如何回答時，以為無止盡的甘蔗田旁邊，出現一棟民宅。

「啊，這裡是小京家……啊！」

在風乃手指的同時，有人從民宅走出來。

那個人對風乃的大聲量產生反應，瞬間把雙手藏到身後。我只看到一點點，感覺那人手上拿著褐色信封袋。

「小京！妳為什麼沒告訴我妳回來了啊！」

風乃像隻發現飼主的小狗，滿臉笑容飛奔過去。

小京？

我搜尋記憶，想起之前和風乃的對話。在石垣島的高中宿舍，和同為志嘉良島人的兒時玩伴同房間那件事。記得對方就名叫小京。

「要我告訴妳，妳又沒有手機，我沒辦法和妳聯絡啊。」

那女孩伸出一隻手制止想要靠近她的風乃，另外一隻手仍藏在身後。

「欸～～又不需要手機。」

風乃彷彿被主人下令「等一下」的幼犬，停在原地嘟起嘴巴。

「這可不是現代高中女生會說的話，而且妳還是連防曬乳都沒有擦。」

「那很麻煩嘛！」

小京和風乃及島上其他人不同，說話沒有口音。風乃說她是島上最可愛的女生，但我無法判別，因為她的臉幾乎都被遮住了。

她戴著做農務的人戴的那種帽簷寬大的帽子，臉頰和後頸都用布遮起來。戴著大墨鏡，風乃笑容倒映在她黑色的鏡片上。身穿長袖連帽外套，牛仔短褲底下還有運動緊身褲，肯定也是抗UV，她的防曬措施相當徹底。

「妳不是在石垣島上打工嗎？」

風乃開口問。

「休息。」

小京冷淡地回應。

「妳會留到盂蘭盆節嗎？一起玩吧！」

「不會。」

「什麼！那妳什麼時候回去？」

「我等一下就要去石垣，盂蘭盆節時會再回來。」

「這樣啊，那妳為什麼只有今天回來？」

「因為我有事要跟我媽說。」

我不清楚這女生的個性，但感覺她有點冷淡。而且還一步步後退想拉開和風乃的距離。

「啊！我替妳介紹！這是海斗！」

風乃朝我伸手，墨鏡也轉過來看我。

我完全看不見她的表情，但她透露出驚訝的氛圍，我覺得她在警戒什麼，就跟風乃與登美奶奶以外的島民相同反應。

「……誰？」

她在直盯著我打量後，低聲問道，我總之先點頭致意：

「我是從東京來觀光的高木海斗，正在請風乃帶我參觀。」

說完後，她小聲重複「東京」，看看我又看看風乃，最後開口問風乃：

「……觀光客？為什麼？住哪？」

「南風莊！」

「登美奶奶那？」

「嗯。」

「為什麼……風乃，妳和他變成朋友了嗎？」

「嗯！」

「為什麼在這個時期……」

小京咬著下唇，明明想繼續說什麼卻努力吞下去。和感覺心情沉重的她相比，風乃無憂無慮地微笑。

「因為我希望他喜歡上志嘉良島，就跟我一樣。」

看見她的笑容，小京稍微抬起肩膀。不知是因為驚訝還是因為激動，總之肩膀很用力。接著轉過來問我：

「……你要待到什麼時候？」

「到這個月的二十號。」

「這樣啊……你會在送靈日前離開吧。」

這是第幾次有島民問我什麼時候要走了啊，我真的越來越不受歡迎。

而且我有聽過「送靈日」這個詞，記得是老人們上門追問登美奶奶那時，似乎也問過「他會在送靈日前離開嗎？」

「小京也和他交朋友如何？我記得以前妳說過高中畢業後想要去東京，而且妳手上那個是什……」

風乃邊說，邊輕拉她藏在身後那隻手的衣袖。

但風乃的手被甩開了。

「別拉！」

「咦、對不起。」

風乃嚇了一跳縮回手，小京也露出嚇了一跳的表情。

「啊……不是，我話說太重了。我才要說對不起。」

「不會啦。」

風乃不怎麼在意似地微笑，小京則是背過臉去感覺有點尷尬。

無可言喻的氣氛飄散。她們是不是感情不太好？在我不知道自己該擺出怎樣的表情才好時，小京從口袋中拿出手機來對我說：

「可以告訴我你的聯絡方法嗎？」

「咦？我的？」

「除了你還有誰。」

明明很明顯對我抱持厭惡感耶。

「喔喔，小京平常學校男生問妳，妳都會拒絕耶。」

「妳別多話！」

她語氣強硬地制止風乃。

「那個……」

「你該不會也沒有手機吧？明明是城市人耶。」

「我有啦。」

「那快點拿出來啊！你肯定很習慣了吧！」

「才、才沒那回事。」

我在她催促下，從褲子口袋中拿出手機。打開畫面互相交換了帳號，風乃看似相當喜悅地眺望著這幅光景。

我的朋友清單上追加了「京花」這個名字，她的頭貼很有高中女生的風格，是手背朝鏡頭比ＹＡ的自拍照。如果這個深邃雙眼皮大眼的照片是她本人，那確實可愛得不輸給偶像明星。

她看著自己的手機確認般點點頭後，轉過身去。

「那麼風乃，盂蘭盆節再見囉。」

「什麼，妳要走了？三個人一起去玩啦！」

風乃原本又要拉住她的袖子，但中途停下動作收回手。

「對不起，我沒時間。」

「呿——再見啦！」

雖然有點不甘願，但風乃不情願的表情轉為笑容，朝已經邁出腳步的兒時同伴揮手。但她鐵青的臉看起來像在勉強自己，讓我感到有點悲傷。

兒時玩伴把褐色大信封抱在胸前，快步朝港口走去。直到看不見她的背影為止，風乃都沒有停止揮手。

「該怎麼說呢，妳們感情不太好？」

雖然很難問出口，但她們兩人溫度的差距露骨到不問反而不自然。

「我們看起來感情不太好？」

「啊，嗯。」

「她最近好像比之前冷淡，但小京其實非常溫柔喔。」

風乃轉過頭開始往前走，和方才的闊步前行不同，感覺有點駝背。我也並排在她身邊一起走。

「我記得妳說她是世界唱歌最好聽的人？」

「對對對！比電視上的偶像或歌手還～～要更好聽！她以前也說過將來要當偶像，如果是小京握手會的門票，一百張我都買！」

「這樣啊，真厲害呢。」

我應和說著兒時玩伴有多厲害的風乃，她的額頭浮出汗珠。

說是好朋友卻讓人感覺有隔閡的兩人，我第一次看見受島民溺愛的風乃被那般冷淡對待，也有點驚訝。

那天晚上，我從登美奶奶口中得知風乃感冒病倒了，我也對她的臉色比平常差還冒汗感到很不可思議，反省自己沒有發現她身體狀況有異常。

全是因為陪我才會這樣，我原本想要明天去探病，但登美奶奶堅持要我別去。

「馬上就會好了，你別擔心。」我只好不甘願地答應了。

但也深深感慨著「但話說回來，那個風乃也會感冒啊」。

晚上畫完素描時，連接著充電器的手機響了。

「京花……同學？」

畫面上出現擺出ＹＡ手勢的女生。

是我今天才交換聯絡方法的「京花」打來的。

為什麼？我雖然相當困惑，仍在清清喉嚨後按下通話鍵。

『太慢了！』

和中午相同的不悅聲音在我耳邊響起。

「對不起。」

『你每天都在幹嘛？』

「觀光啊。」

我沒有說我正在尋找作畫的地點。

『明天也是？』

原本是如此預定，但風乃沒辦法陪我，我正在思考該怎麼辦。尋找作畫地點早已變成見風乃的藉口，而且停留時間只剩下不到十天，考慮顏料乾燥的時間，我也差不多該開始畫畫了。

『志嘉良島上又沒什麼地方可以觀光，反正你也只認識風乃而已吧？』

「是這樣沒錯。」

『風乃病倒了，你聽說了嗎？』

「我剛剛聽說了。」

『所以，明天要不要單獨見面？』

「咦？」

是我聽錯了嗎？

『唉，我再說一次，我問你要不要單獨見面。你去搭明天早上十點開往石垣島的第一班高速船，我會在港口等你。啊，你別買單程票，要買來回票喔。』

「咦？請等等。」

『幹嘛，東京的男生應該很習慣和女生出去玩吧？』

「不，才沒那種事。」

『那明天見。』

說完後立刻響起「嘟」聲，電話被掛斷了。

「……啊？」

我滿腦子問號。腦海浮現京子戴大墨鏡、用布遮掩的臉之後，重新看了手機畫面上比ＹＡ的「京花」。

和這個女生單獨見面？

風乃病倒時做這種事情真的好嗎？雖然我和風乃沒有在交往，卻有一種罪惡感。接著馬上收到京花的訊息。

『要是你不來，我就告訴風乃你對我做了很過分的事情』

我不知道她到底打算說什麼，但比起只認識十多天的我，風乃應該會更相信兒時玩伴的她吧。

我只好放棄掙扎，設定鬧鐘讓我能搭上明天早上十點的船班。

隔天早上，我照著京花的吩咐購買來回船票，抵達石垣港。

「你這什麼打扮，就不能穿時髦點嗎？」

我下船後對我說這句話的人，就是手機畫面中滿臉笑容比ＹＡ的美少女。

光澤閃耀的黑髮雙邊編成辮子後在後腦勺綁成一束，是很複雜的馬尾。純白的肌膚讓她即使身處南國之地，也讓人聯想到雪國的純白景色。深邃的雙眼皮大眼，自然妝也充分標緻的五官，任誰都會認可她是美少女。

在我看她漂亮的臉孔看得入迷時，只靠耳朵接收的「就不能穿時髦點嗎？」這句話晚了一步才抵達我的大腦。我身穿素色Ｔ恤搭配牛仔褲。而且我為了畫畫時弄髒也無所謂，只帶了穿舊的衣服來島上。

和眼前美少女身上有蕾絲的洋裝相比，明顯遜色很多。

「真是的，害我白白打扮了一番。我還以為東京只有時髦的人耶。」

「妳那是偏見。」

「快走吧。」

京花音調冷淡地說完後，背對我往前走，態度仍然很差，給人有點生悶氣的感覺。和情緒豐富，表情變個不停的風乃不同，我完全看不出來她在想什麼。她們兩人同為志嘉良島出生長大的兒時玩伴，卻完全相反。

到目前為止，我對她沒有什麼好印象。

我還不知道她約我出來的理由，總之跟在她斜後方走。

走出港口，走在石垣島的鬧區中。我前往志嘉良島中途經過石垣島時也曾感覺，這裡比我想像中繁榮。真不愧是前往八重山諸島的出入口啊。路上有許多汽車，也有很多高中生左右的年輕人。和志嘉良島不同，這裡有很多觀光客。

「你和風乃變得要好了嗎？」

京花面對著前方問我。

「嗯，我覺得變得很要好了。」

我對著她的後腦勺回答，明明才認識十天多一點，風乃還是第一個和我變得如此要好的女生。

而讓我期望超越「好朋友」關係的人，風乃也是第一個。

「這樣啊，太好了。」

京花說完後，「呼」的吐了一口氣。從她的背影也能明顯感受她很珍視風乃。

因為她昨天態度冷淡，我還以為她不太喜歡風乃，但她似乎相當關心風乃。

「京花同學為什麼找我來？」

我這個問題讓她轉過頭，表情訝異地瞥了我一眼：

「好噁心，直呼名字就好，我也會叫你海斗。」

「我明白了……京花。」

和第一次直呼風乃名字時相同緊張，對島上的女生來說，直呼名字似乎很理所當然。

「我將來想要成為歌手。」

「咦？」

「怎樣？」

「不，沒有怎樣。」

突如其來的告白讓我不小心嚇到回問，她似乎不是開玩笑，表情十分認真。

「但我沒辦法對任何人說這件事。」

「沒辦法對任何人說？」

「嗯。」

她聲調相當老實地點點頭。

「跟風乃說呢？她說妳的歌聲比電視上的歌手或偶像都還要棒。我想她應該不會嘲笑妳。」

「我沒辦法和風乃說，不管是志嘉良島上的人還是高中同學，要是透過他們被風乃知道就傷腦筋了，所以不能說。」

「為什麼？風乃她肯定會……」

替妳加油的喔，我原本想這樣說又止住了。

我自己也是沒對任何同學說過自己在畫畫的事情，雖然只是湊巧因為登美奶奶的關係被風乃知道，但我肯定也不會親口告訴風乃。

這絕對不是因為不信任風乃，而是談論自己的夢想，毫不保留暴露自己拚命的樣子是件困難的事情。而且也無法保證遭到否定時，我還有辦法繼續努力。

京花表情訝異地轉過來看沉默的我。

「肯定，什麼？」

「……沒有，我大概可以理解妳的心情。那麼，妳希望我做什麼？」

我一問，原本走在前方的京花第一次站到我身邊。

「首先，你一定要保守這個祕密。」

「我知道了，我不會對任何人說。」

「然後希望你可以聽我唱歌。」

「聽妳唱歌？」

京花的喉嚨「咕嚕」一響，此時我才發現，她那張始終不悅的表情，不是因為不高興，而是因為緊張。

「東京有很多人會在街頭演唱，隨時都能得到最新資訊對吧？所以我希望你能判斷我有沒有辦法成為歌手。」

「……不行不行。」

我能理解她想要說什麼，但我立刻浮現「我怎麼可能明白那種事情啦」的想法。

第一點，現在這個時代，只要月付一千日圓左右就能聽上千萬首的歌曲，也有許多可以免費觀看的影片。

最重要的是，她找錯人了。我是那種為了和朋友說話時有話題，總之會先確認流行歌曲的類型，絕對不是喜歡音樂的人。

「我沒有辦法判斷那種事。」

「不知道的話不知道也沒有關係。」

「但是。」

「單純想要有在人前唱歌的經驗也是原因之一，因為我已經好幾年沒有在別人面前唱歌了。我高中畢業後，想要去參加東京的經紀公司的甄選會。為此，我努力打工存錢。所以拜託你，這是為了讓我累積經驗必要的事情。」

這麼說來，風乃說過她在供吃住的地方打工，她似乎是為此打工。

「如果是這樣，妳就隨便找個路邊唱不就好了？不僅可以有豐富經驗，也能賺錢。」

「要是那樣做，不就會讓風乃知道了嗎？」

「嗯～～」

「欸，拜託，你只要坐著就好了！」

說是拜託人，京花仍抬頭挺胸不改變她高壓的態度。但是，我可以感受她的拚命。

據她所說，沒有人可以給她的歌藝客觀建議。我身邊有秋山老師，所以我可以知道自己哪裡不足，為了讓我得到東京美術大學的推薦入學名額，也給了我到志嘉良島上畫畫這個選項。

但現在的她，只能在經驗不足且不知道自己實力的情況下參加甄選會。得在搞不清楚狀況中直接投身賭上將來的挑戰。我可以理解其中的恐怖。

雖然應答了幾次，最後還是敗給她，我只能點頭。

我和京花走進名為「Euglena Mall」的拱廊商店街，在鋪設石磚的道路上，並排著許多家掛著紅色、黃色花俏招牌的伴手禮店。攬客的聲音，觀光客拍照、互相歡笑的聲音相當喧鬧。

所有事物都讓我深感興趣，我不小心往店裡看了好幾次。來到沖繩後看過好幾次的，正方形或是菱形並排花樣的織品，似乎叫做綿狹帶。也有瓶中浸泡著黃綠龜殼花的酒，我別開眼去想著「誰會想喝這種東西啊」。看見人魚藍石頭的飾品時想著，感覺很適合風乃。

京花沒有責備三不五時停下腳步的我，只有在我回過神時，面無表情地對我說「要走了喔」。

穿過主要大街往後走，有間小小的卡拉ＯＫ店。邊翻閱雜誌邊懶散迎接顧客的店員，坐著沒動只用手指引導，我們走進播放背景音樂的小房間裡。

這是我第一次和女生單獨來卡拉ＯＫ。在昏暗的房間裡獨處。我明明不用唱歌，光這樣就讓我手心不停冒汗。

京花在沙發上坐下，熟練地操作有小螢幕的遙控器。似曾聽過的曲名出現在畫面右上角。她接著拿起櫃檯給我們的兩支麥克風，交互「啊、啊」地確認聲音。我不懂之間的差異，但京花小聲說著「這支好」選了其中一支後站起來。

背景音樂停止，開始奏起前奏。電視開始播放卡拉ＯＫ的影片，中間顯示曲名與歌手的名字。

「我會緊張，我唱歌時別看我。」

透過麥克風的聲音響亮，京花的表情一直沒變，相當認真。但看起來臉頰稍微泛紅。

「我知道了！」

我用不輸給前奏的大音量回應，京花點點頭後用力吸一口氣。

——在那之後，聽見她的聲音從喇叭中傳出來，我感覺雞皮疙瘩一路從腳底往頭頂竄。

如果用顏色比喻，那是樞機紅。我似乎看見獨特的深紅色染遍了卡拉ＯＫ房間的牆壁與天花板。樞機就是基督教天主教會的樞機主教，用在主教袍上的紅色就被稱為樞機紅。內含神聖與莊嚴，高貴外表深處隱藏著猛烈燃燒的熱情，就是這樣的顏色。

一陣子後，我發現她唱的歌曲是兩、三年前流行的歌曲。記得當時街上四處都可以聽到這首歌，讓我感到很厭煩，只留下歌聲很甜膩的印象。

但京花唱出的版本，有和我記憶中原唱完全不同的強勁力道與深奧。

她似乎不想讓身邊的人知道自己想當歌手，所以應該也沒有去上過聲樂課。雖然只是隱約感覺，我覺得她拉長音時不太穩定。頂多只是印象，我沒有音樂的知識，也不清楚更細節的部分。

——但是，我懂藝術。

京花的歌聲、換氣、從抑揚頓挫中表現出的個性，是屬於她的東西。明明唱著別人的歌曲，卻完全是她的原創。和只靠技巧描繪，被批評為「完全沒有感情」我的畫完全相反，雖然技巧拙劣，京花的歌聲確實傳達出她的情緒。

原本以為完全不知道在流行什麼，只是隨處可見的歌曲，從京花口中唱出來，歌詞也聽起來富含深意，我覺得是終生難忘的最棒的一首歌。

唱完最後一句歌詞後，京花按下強制停止鍵中斷演奏。把麥克風拿在胸前，一臉緊張低頭俯視我。

「……如何？」

和她有魄力的歌聲正相反，這聲音相當細弱。

「……」

當我一句話也說不出口時，她把麥克風輕輕放在桌上。

「……就是說嘛，想要當歌手這種孩子氣的夢想，應該要放棄才對。太丟人了。」

我慌慌張張揮手。

「啊，不是不是！只是因為太厲害了，我說不出話來！」

「什麼意思，說清楚點。」

「該怎麼說呢……這是我到目前為止聽過的歌中最棒的一首歌。我覺得妳肯定可以當上歌手，而且一定會成功。」

京花聽完後挑起單眉，瞇起眼睛：

「你這誇過頭了吧，無法相信。」

「是真的，簡直是天才。」

她充滿懷疑的眼神沒有改變，雙手又在胸前緊緊交握。

我拚命轉動大腦，思考該怎樣說才能讓她相信我。

她明明有如此出色的才華，卻因為沒讓外人聽自己唱歌而沒有自信，這太可惜了。如果我的一句話能將她的才華推向公眾舞台，沒什麼比這令人感到更光榮了。

「歌聲有透明感也很有重量，讓我覺得這首歌不是妳來唱就無法滿足我。聽起來比真正的歌手唱得更棒。」

「……這樣啊，其他呢？」

京花放鬆緊握的雙手。

「妳的歌聲中有顏色，就是這般充滿感情，我感覺不是單純的『好』，而是有超越其上的東西。」

「原來如此……其他呢？」

催促我說感想的聲音毫無感情，但她手指邊捲著一小搓瀏海，嘴角也不停發抖。她似乎有自覺正受到誇讚。

「我聽的時候雞皮疙瘩冒不停，讓我想要聽聽其他更多不同的歌曲。搖滾曲調的快歌或是男性歌手的歌曲應該也非常適合妳。也很好奇輕鬆的歌曲會誘發出妳怎樣的情緒。這還是我第一次聽到誰唱歌之後出現這種想法。」

「喔、喔，這樣啊。」

「還有，因為妳長得很可愛，和低沉聲音之間的反差也很棒。」

我話一說完，原本佯裝平靜的京花，臉頰開始慢慢泛紅。

「……喂、喂！你別說那種奇怪的話啦！」

「有那麼奇怪嗎？」

「可愛什麼的，和我的歌聲沒有關係吧。」

我自認為是在針對「能不能成為歌手」這個問題，闡述我認為她可以成為歌手的理由耶，只是想表示從商業立場思考，外表也是個重要的要素。話說回來，她昨天那個誇張的防曬措施不也是因為如此嗎？

「這、這種話，妳應該聽膩了吧？」

但因為被她強烈動搖心緒，讓我突然害臊起來。

「和東京男人不同，琉球男兒才不會隨隨便便說可愛！」

雖然是真心話，當著女孩子的面前說她可愛，連我自己也嚇一大跳。我之所以會那麼拚命說話，因為從她的歌聲中看見了「打從心底深愛歌唱」的心情。

「……總之，你覺得我能成為歌手對吧？」

「對、對啦！更正確來說，妳不只能成為歌手，我認為妳有成為世代代表性歌手的才華。」

京花用力吐一口氣，雙腳彷彿失去力氣般往沙發坐下，沙發「噗」了一聲。

「那果然是說得太誇張了啦。」

「才沒那回事。」

「那有什麼不好的地方或需要改善的地方嗎？」

「老實說，有些部分聲音不太穩，但應該只要去上聲樂課就能立刻改善。但我認為那些不重要，我覺得妳可以讓歌聲充滿感情這點很棒。傳達出妳真的很喜歡唱歌的心情……」

說到這裡，我突然驚覺。

我想到我想要妥協拿去參賽的那幅風景畫，塞入許多高超技巧仔細描繪出來的油畫。雙親誇獎我那如照片般漂亮，但秋山老師說「再投入更多感情一點」、「用你的全身去碰撞」等等，批評得一無是處。

雖然我隱隱約約理解自己欠缺名為「個性」的什麼東西，卻不知道具體是什麼。但我感覺，我現在終於找到答案了。

「……下一次也想要聽這個人唱更多其他的歌，就是這種人唱出來的歌。可以毫無保留展現自己的人。結果在藝術的世界中，全部取決於有沒有辦法在作品中毫無保留展現自己。」

會發現這件事，不僅是因為客觀地聽京花唱歌，也在和風乃相處後，繪畫筆觸產生改變而體認到。

我喜歡畫畫。只要把這份心情投入在畫布上就好了。

「非得是罕見的風景才行」、「別人不知道會怎麼想」，這些事情都只是小問題。

京花沉默了一段時間，直盯著我看。

「啊，那個，其他……」

我還以為她在催促我繼續說感想，努力想要擠出什麼，但京花搖搖頭。

「已經夠了。海斗，雖然你說你對音樂不熟，但你說的話很有說服力。其實你有做些什麼吧？」

「不不不，我真的不熟。」

「是嗎？但你卻熱烈地談論了『結果在藝術的世界中』一番？」

「那、那是……」

沒有辯解的餘地，那或許確實是相當裝模作樣的一段話。時至此刻才感到害臊起來。

「……呵呵，開玩笑啦。對不起喔？」

京花看著害羞的我笑道。放鬆她至此的面無表情，瞇起眼睛。露出淘氣笑容的臉看起來相當年幼，也感覺容易親近。

「除了風乃以外，還是第一次有人這樣誇獎我，我好開心，也有點自信了。」

「這、這樣啊，太好了。」

昨天和風乃之間的互動，今天早上在港邊見面時的帶刺態度彷彿一場夢。

「我也可以唱其他歌給你聽喔。」

「嗯，我想要聽。」

「你都拜託成這樣了，真拿你沒辦法啊。」

雖然我沒有拜託成哪樣，但也沒特別反駁。

京花相當開心地操作帶有小螢幕的遙控器。畫面上陸續出現不同曲名，卡拉ＯＫ的這間包廂成為京花的獨唱會場。

歌曲與歌曲之間，我闡述會讓人感到誇張的讚賞感想，京花聽到之後心情變得更好。聲音也越來越有光彩，變得更加有魅力。

整整花了五小時唱完三十首歌，肚子也真的餓扁了，於是我們離開卡拉ＯＫ。

那之後，我們走進Ａ＆Ｍ這家速食店。這是總公司在美國的連鎖店，日本似乎只有在沖繩開店。他們的柳橙汁甜到嚇我一跳，喜歡甜食的人感覺會中毒上癮。

當我們坐在入口附近的雙人座上吃漢堡套餐時，許多觀光客的年輕男性們不停往這邊看。肯定是因為京花外貌姣好。她有著都會女孩那般有氣質的美麗，在石垣島上應該格格不入吧。而在聽到她的歌聲後，更覺得這等程度的讚詞還遠遠不足以評價她。

風乃的臉突然浮現我的腦海。

總是以容易活動的衣服優先，完全不化妝，一副小島土生土長的模樣。如颱風般四處跑，她引導出我各式各樣的感情。從崖上往海裡跳、赤腳打籃球等等，她陪著只知埋首作畫的我體驗了許多至今不曾經驗過的遊戲。雖然全是無法說是高中生該有的舉動。

如果我和風乃在東京玩又會如何呢？她肯定會做出超出我在志嘉良島上體認到的驚訝與感動好幾倍的反應，用盡全力享受吧。一開始思考就無法停止妄想，我想和風乃一起到東京去。

「你要對風乃保密今天的事情。」

京花這句話嚇我一跳。

我還以為被京花發現我正在想風乃的事，我努力佯裝平靜後點頭。

「我知道了。」

京花接著湊過來探看我的臉：

「你不問為什麼要保密嗎？」

「嗯？妳希望我問嗎？」

「也不是這樣啦……風乃說了我什麼嗎？」

「她說妳是她的死黨，很會唱歌，很溫柔。」

「其他呢？」

「只有這樣。」

「這樣啊。」

儘管被誇獎了，京花的表情卻有著陰霾。

「妳心裡有底嗎？」

「……沒有啊。」

沉默降臨。

當我在這沉重的氣氛中吃漢堡套餐時，她開口：

「我說話的方法是不是很奇怪？我平常盡量注意不讓自己有口音。」

京花的重音語調的確比風乃更接近標準話。

「我覺得應該沒有關係吧，反而覺得有點口音比較好。」

「只是因為你喜歡風乃吧。」

「咦？……咳、咳。」

突然被她指出這點讓我大為嗆咳，我慌慌張張咬住吸管喝柳橙汁。

「不是嗎？」

「不，又沒有關係，有很多男生喜歡方言。」

「你不用隱瞞啦，風乃是個很棒的女生，會喜歡上她也不是沒有道理。」

京花自言自語般加上一句「我也好喜歡她」，不知為何帶著孤寂的表情。

「這樣啊，那妳昨天見到她時，為什麼那麼冷淡啊？」

「看起來很冷淡嗎？」

「嗯。」

「那時候我手上拿著經紀公司的資料，所以不想要和她說話。而且只是為了和父母說才回去而已。」

「啊，妳把信封藏在後面嘛。」

「……」

京花又沉默了。我有點尷尬，不自覺地環視店內。店內的好幾張桌子幾乎全坐滿年輕人。

「海斗。」

京花小聲喊我，緊緊抿唇。那是今天早上見到那時的僵硬表情，她的瀏海無依無靠地隨冷氣吹動。

「幹嘛？」

發現氣氛變得嚴肅，我壓低聲調回應。

京花重複張嘴、閉嘴好幾次後，最後才開口說：

「你帶風乃到東京去。」

「帶風乃？……為什麼？」

我想要和風乃一起去東京，那肯定會很開心。但京花的表情和音調太過嚴肅，不是單純「要不要和朋友去旅行？」這類的閒話家常。

「就那個啦，我、我將來會去東京住，風乃也一起不是很棒嗎？看起來風乃也不討厭和你在一起……」

京花像要掩飾什麼快速說著，不看我的眼睛，說的話也含糊不清，真不像她的作風。

「她不討厭嗎？」

「肯定如此，如果不是這樣，她不會在這個時期和你在一起。」

的確如此。風乃在最重要的高三暑假，每天都陪我去找作畫地點。

「那高中畢業之後三個人……」

「那就太慢了！」

京花語氣強硬打斷我，又繼續說：

「你二十號要回東京對吧。到時帶著風乃離開島上。不能留在石垣島也不能留在沖繩本島，越遠越好，如果能到東京最好。」

「突然對我這樣說，已經只剩下一週了，這個時期的機票也很貴。」

「錢我來出，總之，你帶著風乃遠走高飛。」

「得要找地方讓她住，也得要取得她父母的同意。而且她父母會同意讓她和認識不久的男生去旅行嗎？」

「風乃的父母？」

「嗯。」

我明明只說了理所當然的話，京花卻露出無比驚訝的表情。

「那種事……那種事情怎樣都有辦法解決啦。」

「而且最重要的是，得要先問風乃意見吧。」

「風乃肯定會說她不想去，但就算是用逼的，我也希望你帶她走。」

無法理解，強硬帶著不情願的風乃到東京去？這個要求有什麼意圖啊？

「我不想要做會讓風乃討厭的事情，起碼告訴我理由吧。」

京花低下頭，緊咬下唇。

京花就這樣沉默瞪著自己的手邊幾分鐘後，用力抬起頭。

「風乃……」

但是又在此止住嘴，睜大眼睛。

順著京花的視線看過去，有兩位七十多歲的老婆婆走進店裡來。白髮在頭頂綁成丸子頭，手扶著彎曲的腰。我心裡想著「老人家也會來吃漢堡啊」。

「……海斗，我們走吧。」

京花如此說，嘴唇在發抖。她白皙的肌膚已經超越白皙變成蒼白了。

「咦？突然？是可以啦。」

我雖然想把剩下四分之一的柳橙汁喝光，但京花匆忙地站起身，我完全沒有時間喝掉。

「哎呀，這不是京花嗎？」

但聽到那個聲音，京花立刻停止舉動。其中一個走進店裡的老婆婆，也沒去點餐朝我們走近，從斜後方喊京花。京花一臉苦瓜樣地勉強自己揚起單邊嘴角，轉過頭去。

「金城奶奶，好久不見。」

京花喚作「金城奶奶」的老婆婆笑出一臉皺紋。

「妳還是這樣水噹噹耶，今天是約會嗎？沒在石垣島上見過這位小哥呢。」

老婆婆偷偷瞄了我一眼，我稍微點頭致意。為了京花著想，我原本想要否定「約會」這詞，但京花早我一步回答：

「對，他不是石垣島的人。現在剛好要回去了，不快一點就趕不上船班，所以我們先走了喔。」

就這樣，京花連餐盤都沒收拾就拉起我的手往外走。

「京花，送靈日的二十二號之前要回志嘉良島啊。」

擦身而過時，老婆婆語氣平靜說道。

但接續說出口的話驚人地低沉，彷彿從地底傳來的聲音。

「……他們特地把島上的住宿場所和港口都包下來，不讓任何觀光客進入啊。說不定到最後連妳也進不去。」

橘色燈光照亮店內。從窗外射入的日光即使到了傍晚也沒轉暗的徵兆，旁邊有許多人也相當吵鬧。

但是，只有老奶奶和京花身邊很昏暗，甚至感到寒冷。

「京花，很痛。」

走出A＆M後，京花用力拉著我的手快速前進。她這才回過神放開我的手，遠離店家一段距離後才放慢速度。

「……對不起。」

「突然怎麼了？那個老奶奶怎麼了？」

京花的腳步越來越沉重，最後終於停下腳步，我也一起停止。我和京花站在人行道正中央對看，擦身而過的人相當好奇地看著我們。

「那兩個人是猶他。」

京花抬起頭。

「猶他是沖繩的巫覡對吧。」

「對，你還真清楚耶。」

「風乃對我說過，還說多虧有猶他，才有現在的沖繩。」

聽到我的話，京花皺起眉頭。像是憤怒，又像是傻眼的表情。

接著直接轉過身去，馬尾輕柔擺動。

「……我們去港口吧，船就快要開了。如果沒搭上這班船，你就沒辦法今天回到志嘉良島上去了。」

晚間七點的船班是最後一班從石垣島開往志嘉良島的船。我買了來回票，可以很順利地搭上船，但不快點確實會趕不上。

「嗯。」

我腦海中浮現許多疑問。但不管我怎麼問，京花都不回答。只在抵達港口，臨別之前小聲說了一句「海斗，請你好好聽風乃說話」。

和京花道別，我穿過售票口前直接走向乘船口。

窗口那邊，有三個工作人員圍著一位男性說話。男性背著大背包，帳篷的骨架沒辦法完全收納露在外面，那是像要露營的大行李。

我邊搭上船，呆呆想著。

先前志嘉良島的小學生看見我時說了：「今年第一次看見觀光客。」

當時還想著「沖繩離島還有許多受歡迎的小島，這也是沒有辦法」，但如果猶他老婆婆說的是真的，是島上的人故意這麼做的嗎？

這種事情真的可能辦到嗎？實際上我還這樣來回啊。

結果，背背包的男性沒有搭上船，船班在發船時間出港了。

花費一小時左右抵達志嘉良島，回到南風莊。應該病倒的風乃坐在座墊上。

「風乃，妳身體好了嗎？」

風乃盤腿呆呆盯著電視。

她聽到我的問題稍微挑眉，沒看我的眼睛回答：

「好了。」

如果是平常的風乃，應該會笑著說「歡迎回來！」迎接我，把這裡當成自己家。是才剛康復所以狀況不太好吧。

「要吃飯嗎？」

登美奶奶一手拿著飯碗問我，雖然我才剛吃完漢堡套餐，但肚子有點餓，且登美奶奶做的菜很好吃，再多都吃得下。我回答「我要吃」之後，風乃又偷瞄我。看起來相當不開心，讓我很不自在。

坐在替我準備好的餐點前，說完「我要開動了」開始吃晚餐，風乃和登美奶奶也一起吃。

三個人都沉默不語，房裡只有電視聲。我很想要問觀光客的事，也想要問二十二號送靈日的事，但氣氛不適合。

明明以為還吃得下，總覺得肚子飽起來了。在這之中，風乃開口：

「你去石垣島幹嘛？」

「咦？妳為什麼知道我去石垣島？」

我回問，風乃放下筷子。

「我聽港口的爺爺說的，他說你早上空手搭上前往石垣島的船。然後，你會在這時間回來，就是搭了晚上七點從石垣島發船的船班吧。」

我的行動全傳進風乃耳中，鄉下地方沒有隱私的概念嗎？

「我去石垣島觀光。」

「自己一個人逛一天？」

「嗯。」

因為京花要我對風乃保密，我非得說謊不可。好心痛。風乃用明顯狐疑的眼神盯著我，我沒別開視線面對。

我自己一個人想幹嘛都是我的自由，但被她這樣瞪著，讓我產生被交往中的女友懷疑劈腿的感覺。

「一個人觀光有趣嗎？」

「還好。」

「真的一個人？」

「真的。」

「但從你身上聞到小京平常擦的防曬乳的味道耶？」

「什麼，真假？」

我慌慌張張抓起自己T恤袖子聞，我不太清楚，但京花身上確實傳來花香。美少女理所當然會有好聞氣味，所以我也沒多在意。

風乃看著慌張的我，又皺起眉頭。

「雖然我是說謊的啦。」

「咦！」

被擺一道了。

「如果沒有見面，你也不需要確認了吧。你和小京幹嘛去了？該不會是兩人單獨長時間待在包廂裡吧？」

風乃手撐在桌子上，上半身往前傾逼近我。一支筷子因為這個衝擊掉在榻榻米上。但她完全沒看一眼，比起筷子，她以從我口中問出真相為最優先。為什麼如此執著啊？

「……對不起，其實我和京花去卡拉ＯＫ了。」

我領悟到無法逃過她的追問，只好坦承。我是個無情的男人，比起遵守和京花之間的約定，我更不想要被風乃討厭。

「果然如此。」

「京花要我對妳保密。」

雖然這樣說，風乃似乎早已確定了，遲早都會被她揭穿謊言。

「為什麼要對我保密，有說理由嗎？」

「那也要保密。」

「去卡拉ＯＫ的理由呢？」

「她說她將來想到東京當歌手，所以希望我能聽她唱歌。」

「……這樣啊，她以前明明說想要當偶像的耶。」

一直瞪著我的風乃，用力嘆了一口氣。此一瞬間，她稍微放鬆原本緊繃的表情。和她平常豐富的表情相比只是小變化，但不知是否多想，感覺她看起來很開心。風乃撿起筷子，登美奶奶拿新的筷子給她，風乃道謝後接過筷子。

「……小京很會唱歌對吧？」

「嗯，是我活到現在聽過最棒的歌。」

我一同意，風乃立刻揚起嘴角。

「所以我就說了！小京的歌聲世界第一好聽！」

這開朗的笑容完全無法想像和幾十秒前的恐怖表情是同一個人，很有風乃風格的態度，讓我鬆了一口氣。

「聽妳說的時候我還覺得太誇張，但真的會成為世界第一也不奇怪呢。」

「所以我就說了！該怎麼說呢，她的歌聲充滿感情，聽者也能完全感受到呢！」

「嗯，就是天才的感覺。」

「而且小京外表那樣，也很重視美容！以前也會強迫我擦防曬乳，但現在已經完全放棄我了！」

「這麼說來，我第一次見到她時，她的防曬超徹底。」

「嗯，她很努力，所以我希望她絕對要實現夢想。」

她接過筷子後沒有用，像在談論自己的事情般開心。

從她的樣子來看，應該想要聽京花親口說她想成為歌手的夢想吧。雖然無可奈何，罪惡感讓我感到痛心。

「你們兩個都不吃了嗎？」

登美奶奶插嘴打斷專心說話的我和風乃，我們慌慌張張舉筷繼續吃飯，明明以為已經吃不下，還是全吃光了。

吃完晚餐收拾完後，風乃說了：

「海斗，手機借我。」

「妳要幹嘛？」

「我想和小京說話。」

「要說卡拉ＯＫ的事嗎？」

風乃點點頭，這麼說來，風乃沒有自己的手機。

京花要我不能說我還說出來，讓我感覺很愧疚。

「你說溜嘴的事情，小京一定不會生氣啦。」

大概是我的心情全寫在臉上，風乃苦笑道。

「絕對會生氣。」

「不會生氣啦，小京很溫柔的。」

「不是，但是。」

「別多說了，快點啦！如果不借我，我就自己搶！」

「好啦好啦。」

風乃壓低身子像隨時要衝上來，我只好從口袋中拿出手機來。點開應用程式，操作到只要按下按鍵就能通話的狀態後交給風乃。

「妳可以幫我說幾句話，讓我的罪責輕一點嗎？」

「了解！」

風乃正經八百舉手敬禮後接過手機，接著加上一句「可能會講有點久，如果你需要用手機，讓我先說聲對不起喔」。

風乃按下通話鍵，走出房間，就這樣走出南風莊。感覺會講很久。

一段時間後，當我想要沖澡經過起居室時，坐在起居室中的登美奶奶喊住我：

「今天的素描畫完了嗎？」

我好意外登美奶奶知道「素描」這個名詞。

「還沒，風乃來還我手機時，可能會被她看見我的畫。」

回答後，我心胸感到一股刺痛。我第一天曾說過，不想讓風乃看見我作畫的樣子，也不讓她看我完成的作品。風乃也答應了。

但是，真的可以這樣對待把珍貴的高三暑假每天只花在我身上，帶我參觀小島的風乃嗎？

我回想起，想像著京花的未來開心笑著的風乃。

我這樣一直對為他人拚命的她築起高牆真的好嗎？

登美奶奶對著深思的我無奈嘆氣。

「你畫得那麼棒，卻不想讓人看嗎？」

「咦？妳看到我的素描了嗎？」

「打掃房間也是我的工作啊，那時看到的。但你保持得很乾淨，幾乎沒有打掃的必要就是了。」

我都沒發現，聽她一說確實如此。

「而且，擺在車庫的那個大行李，那是一百號畫布，你要畫很大的作品對吧。」

「對、對。妳連畫布的尺寸也知道啊。」

對與繪畫有關的人來說這是常識，但一般人看到也不會知道，登美奶奶到底是什麼人物。

「因為我兒子也在畫畫，我會知道這麼多也是我兒子去內地之後。」

登美奶奶繼續看著電視喝茶，「呼」地吐了一口氣後自言自語般繼續說：

「海斗來島上那天，我聽說你和中年男子一起搭船，我還以為是我兒子回來了。如果是那樣就太好了……」

用著孤寂的音色。

「妳希望兒子可以回家啊。」

預約住宿，買機票和船票的人都是秋山老師，但秋山老師不是沖繩人，所以不是登美奶奶的兒子。

登美奶奶沒有回答我的問題，轉換話題。

「……哎呀，算了，如果你要畫一百號的大作品，這樣一直陪著風乃真的可以嗎？雖然是我拜託你的。」

「到處都是很棒的景色，我很猶豫。」

「再過不久，風乃會因為家裡有事，三天沒辦法來。希望你可以在那之前決定要畫哪邊的風景。」

「是這樣啊……希望如此呢。」

我點點頭，雙手環胸。也差不多到了得要正式決定要以哪邊的風景為主題的階段了。我的大腦像在翻閱相本，浮現志嘉良島的風景，每幅風景中都有風乃。

在那之後過了三小時，風乃也沒有來還我手機。

日期都快要多一天了，再怎樣也太讓人擔心了，我想要出去找人時，風乃就蹲在門前講電話。

「……我想要做我想做的事情，我不想後悔。小京，時到時擔當，啦。」

大概怕吵到鄰居吧，聲音很小，但很開朗，通話的內容也很有風乃的風格。

在被壯闊大自然包圍的志嘉良島上，和比任何人都自由的風乃一起度過，就會覺得在意小事情的自己很愚蠢。

感覺現在可以展現出自我。

總之我放棄拿回手機，回房間睡覺。

隔天早上，我醒來時，一張女孩子的臉就在我眼前，大概只有一根食指長的距離。

我立刻知道她是風乃。

寧靜，時間彷彿停止了，我以為我還在睡夢中。

晚了幾秒，隆聲蟬鳴傳入耳中，其中還交雜著人聲。這是我到志嘉良島上後，第一次除了蟬聲以外覺得外面很嘈雜。

我再次專注在眼前的光景上。

我躺在床上，風乃面對著我睡覺。

風乃的額頭冒出薄薄汗水，皺著眉頭似乎睡得很不安穩。

我們距離近得只要我稍微轉頭，額頭就會相撞。連溫熱的呼吸氣息也能感受到。棉被的氣味和平常不同，讓我心跳突然加速，也感覺體溫上升。

我側眼環視房間，這的確是我在南風莊裡的房間。

明明想著得快點離開卻無法動彈，直盯著她觀察。小小的臉、略薄的唇，配合呼吸上下起伏的睫毛。

她果然很可愛，我再次如此感受，已經無須懷疑了。

我，對風乃——

在心中如此想的同時，眼前一雙大眼突然張開。我嚇到差一點大叫。

風乃靜靜地眨了好幾次眼，瞳孔的焦距慢慢集中在我身上。

最後，輕輕吐一口氣後，露出溫柔的微笑小聲說：

「對不起，電池用光了。」

「……電池？」

我反射回問，晚了一步才想到她在說手機，她輕輕點頭。

「嗯。」

「……沒、沒關係。」

我乾澀的喉嚨努力擠出聲音，慌慌張張坐起身體。

「那個，昨、昨天，妳講電話講到幾點？」

「半夜兩點。手機電池意外持久耶，多虧如此，我和小京說得很盡興。謝謝你……哈啊——」

風乃用力閉眼打哈欠，躺在床上只動手揉眼睛。

「京花有沒有生氣？」

「很生氣，說要扁你。」

「這樣啊。」

「呵呵，你似乎不怕耶。」

我低頭俯視輕笑的風乃，胸中的悸動無法平歇。

「風乃為什麼在這邊睡？」

「因為你已經睡了，我偷偷進來原本想放下手機就走。然後就覺得回家好麻煩。」

「妳父母沒關係嗎？」

「啊哈哈，沒關係。」

風乃拿起擺在身邊的手機，從下而上拿給我。我接過手機，看著全黑的螢幕。睡亂頭髮的自己倒映在上面，冷靜下來的同時，後悔湧上心頭。難得可以和風乃在同一個房間共度一晚，竟然只是睡覺而已。當然我也不能保證我醒著能有什麼行動就是了。

在我獨自煩惱之時，風乃相當舒服地翻個身，變成仰躺。

她穿著昨晚那身T恤和短褲，衣襬往上捲，可以看見她平坦的肚子。和男人在一間房裡獨處，這打扮也太沒有防備了。我佯裝平靜背過頭，把手機連接充電器。

在那之後，南風莊的電鈴響起，我剛起床時就覺得外頭很吵，感覺聲音越變越大。

「風乃，妳差不多該回家一趟比較好。」

「嗯，我知道了。」

拉門打開，是登美奶奶。還真罕見她沒先問一聲就突然打開拉門。

是有人來接她嗎？如果那是嘈雜聲的主人，感覺人也太多了。外面聽起來大概有十個人。

「我從明天開始暫時沒有辦法出去玩，所以海斗，今天最後一天，你有想和我一起做的事情嗎？」

風乃從下仰望我問著。

「想做的事？」

不是「想看的風景」，而是「想做的事」，我覺得這提問的方法讓人有點在意。

風乃緊盯著我看，那是試探我的視線。在我沒有想法之時，風乃提議：

「……如果沒有，要不要去御嶽？」

「唔、嗯，好啊。」

要去御嶽也就表示又要從那個崖上跳下去吧，我不小心就退縮而遲疑了。

風乃看著這樣的我輕笑，坐起身。她坐著將雙手舉過頭，用力伸懶腰，還發出「嗯～」的聲音。

「那我先回家一趟，大概一小時後再過來。」

第二次電鈴聲響起，風乃冷靜地走出房間。大概因為剛睡醒，和平常的她相比，感覺沒什麼精神。

說一小時後再來的風乃，實際上三小時後才來。那是太陽升到最高點停止上升，慢慢開始西下的午後。

我們前往御嶽。手機充電中所以放在房裡，我有多久沒帶手機和錢包就出門了呢？在志嘉良島風景的影響加乘下，有不被時間與人際關係束縛的開放感。

前往御嶽途中的榕樹森林，仍舊十分安靜。彷彿在告訴行人「接下來是步向神聖場所的道路，請保持安靜」。

「為什麼想去御嶽？」

我開口問走在身邊的風乃。第一次來的時候，長到腰際的雜草和蜘蛛網阻擋腳步，我光跟上就費盡千辛萬苦。但現在已經可以和她並排。

「我很喜歡御嶽。」

聳立在岩石組成的離島上，圓柱形的大岩石塔。我回想起從頂端眺望的景色。那確實是看過一次就不會遺忘的景色。

「這樣啊。」

「你還記得我們一起從崖上往下跳嗎？」

怎麼可能會忘，那是我人生初吻的日子。這是我在這島上體驗的諸多「第一次」中最鮮明的記憶。但那種事情，我當然是羞得說不出口。

「我記得，那超恐怖的耶，別再做了喔。」

「欸嘿嘿，該怎麼辦才好呢。」

風乃把頭髮往耳後勾，露出淘氣笑容。平常總是精神充沛大咧咧說話的她，一走進這個森林就會壓低聲量。因為她要靠海浪的聲音判斷方向。

「小京和島上其他小孩，都不太喜歡御嶽。」

風乃的嘴角往上揚，但從她下垂的眉角可以感覺她似乎早已放棄了。

「其實妳很希望大家也能喜歡上那裡吧。」

「嗯，我希望我最喜歡的島上的大家，也可以喜歡上我最喜歡的志嘉良島的全部。但年輕人想要離開小島，讓我覺得有點難過。」

京花想要去東京，小學生們也抱怨著想要出生在都市。

「風乃想要一直留在島上嗎？」

「……嗯，我想。但大家和我不同。現在有網路，輕而易舉能得到都市的訊息，大家都有憧憬。」

「妳該不會是因為這樣才不拿手機吧？」

「就是那種感覺，因為我不想知道島上以外的普通人的理所當然。欸，海斗喜歡這個小島嗎？」

我秒答：

「喜歡。」

「……這樣啊，真開心。」

風乃柔柔一笑，瞇起在樹蔭下也淡淡發光的琥珀色眼睛。

「我希望你別忘記在島上過的生活。」

「嗯，我肯定不會忘。」

「所有事喔，全都別忘喔。」

「當然。」

風乃對我的回答滿足一笑後，森林走到盡頭，比天空藍更蒼藍的志嘉良島天空在眼前開闊。地面變成粗糙的岩石，陽光包裹我們全身。海鷗在遠方天空並排飛翔，鳥鳴與海濤聲一同傳來。

上一次一穿出森林立刻跳下懸崖，但這次站在崖邊俯視大海。

鈷藍色海面在眼下擴展開，往右邊走，綠色也越深，隨著漸層最後變為祖母綠。

「上次馬上就跳下去所以沒有看見，為什麼大海的顏色會不同啊？」

我問風乃。

「太陽光強烈時，大海顏色會因為深度不同而看起來不同。正下方是跳下去也不會受傷深度的藍色，右邊是表示越來越淺的綠色。」

風乃坐在懸崖邊，把腳伸出海面上對我說。從下方吹上來的風擺動她的瀏海，風乃閉上眼，相當舒服地伸懶腰。

我稍微勉強自己，用相同方法在風乃身邊坐下。

只要稍微失去平衡就會倒栽蔥跌入海裡。這麼一想後腳趾間瞬間冰冷，帶著海水氣味的海風，混雜打上崖下岩石噴起的飛沫。感覺嘴巴裡也變鹹起來了。

「海斗，你變了耶。」

看著盡量不把體重往前而有點後仰坐著的我，風乃睜圓了眼睛。但又立刻搖搖頭說：

「不對，不是這樣，海斗原本就很厲害了。因為朝著將來的夢想而努力啊。」

「也沒有多厲害，我現在其實超級害怕，只是在逞強。」

風乃湊過來看我的臉。

「呵呵，真的耶。」

「別胡鬧喔，像是推我之類的。」

「你這是在邀我推你嗎？」

「不、不是！」

風乃相當開心地「啊哈哈」大笑，看見她的臉，我也跟著開心起來。掉下去就算了，時到時擔當嘛。

「海斗真厲害，小京也是。有將來的夢想，思考自己需要什麼，每天為此努力。明明很害怕還去試膽，為了作畫體驗各種事情，明明一開始什麼也做不到。很帥氣喔。」

這平穩的聲音，傳達出風乃的真心。「很帥氣」這句話讓我心臟猛烈一跳。

「才不是，我其實是個很沒用的人。」

我說完後看著遠方，看著稍微畫出弧度的水平線。

手心微微冒汗，心臟無法停止悸動。

「我……我……」

我覺得現在可以說出口，說出沒對任何人說過，我只能畫出親眼所見的東西的理由。說出沒辦法把畫給秋山老師和雙親以外的人看的理由。

「還好嗎？」

風乃擔心地問我。

「如果你有希望我做的事情就說喔。」

我沒有出聲，「嗯」點點頭。

風乃接著握住我的手。

那就在我想著希望可以和她牽手之後，風乃看穿一切了。

我的心情慢慢平靜下來，深呼吸好幾次。

「妳願意聽我說嗎？」

「當然。」

她的笑容讓我安心，我再次凝視大海，開始闡述。

「我小學時曾經被叫做神童，我在畫畫比賽中，得過數也數不完的獎。」

「嗯。」

風乃沒有做出廉價的誇張反應，只是低聲應和。她知道我不是單純炫耀自己，沒有打斷我的話。

「然後，我升上國中後進入東京都內很有名的繪畫教室。那裡以出了許多考上難考美術大學的學生聞名，光想要進去就要考試。」

和秋山老師那邊不同，高中、國中、小學的學生合計近百人，幾乎都是以美術大學為目標的考生，國一只有十個人，這十個人編成一班一起上課。

「在那樣的地方，大家都認為自己最棒才進去。都是廣受身邊人誇獎，認為自己有世界第一的才華，毫不懷疑自己長大後能理所當然成為畫家的小孩。腦海中根本沒有這條路以外的想法。」

我們都很在意彼此，繪畫教室也希望藉由同學年的學生切磋琢磨，讓大家實力增長吧。

「但就連在這些人當中，我的畫也棒過頭了。」

當時我的才華過度突出，特別是我對色彩的品味與獨特的創意混合出的化學反應，替創作品吹入了幾乎等同真實的生命感。真希望我能看看當時自己的大腦，現在的我肯定完全無法理解吧。

「有些同學拚命想要追上我，但我去那邊上課一個月，十個人中就有七個離開了。」

對我的畫投以羨慕與忌妒眼神的同學們，發現自己並非天才而離開的背影，落敗者的末路，這些對我來說都事不關己。

風乃用心地「嗯、嗯」好幾次應和我，多虧如此，我才能不過度沉浸在過去的記憶中，可以保持一定程度的客觀繼續說。她用著令人舒心的節奏，在旁支持看著大海告白過去的我。

我像是要撬開緊閉的喉嚨，吞下口水後又繼續說：

「……某天，發生了我要參賽用的畫作被折成兩半的事件。那是我花一個月畫出來的大作品，老師問我要不要報警，我拒絕了。因為我覺得再畫就好，而且創作的過程也很開心。」

所以我低頭看著被折成兩半的畫作時，也思考著接下來要畫什麼。我想要畫的東西一個接一個湧上腦海。

「但是，同年的同學看見我立刻轉換心情後，朝我咋舌，我立刻理解了，他就是兇手。」

我無法忘記他看著我不悅地扭曲臉孔，明明冒著風險破壞我的作品，我卻不如他預期大受打擊，他感到相當不耐煩。

我心想，原來人類有辦法擺出這種表情啊。那或許是我第一次仔細看著他人臉孔的瞬間，在那之前的我，眼中只有畫布和圖畫紙。

「在那之後，也持續了一陣子陰險的找碴。」

畫筆被折斷，顏料潑灑在我的畫材上，還發生過畫刀插在我的自畫像的畫布上。雖然沒有暴力的霸凌行為，但我幾乎是落荒而逃地離開繪畫教室。

「自那之後，我就不敢讓別人看我畫的畫了。」

我才知道，我的畫，我鋒芒畢露的才華會如此傷人。

那之後，我在學校不再畫畫，也為了不與他人起衝突，配合著他人過活。

除此之外，我也無法只靠想像畫畫了。

我想，我是在無意識中把自己的作品放進框架中，不讓自己的作品接受評斷。就這樣，最後終於無法浮現任何想法。才華這不安定且不確實的東西，就這樣消失得無影無蹤。過去的神童，跌落神壇成為一個只是技巧高超，毫無個性的秀才。

我的氣息粗亂，明明坐著說話，卻有全力狂奔後的疲憊感，焦距也上下起伏。

但看著湧近又後退的海浪，聽著浪濤聲，我的心情也逐漸平靜。

「這樣啊。」

旁邊傳來風乃的聲音。

在那之後，冰冷的東西搭在我頭頂上，那是風乃的手。

「你說出來了呢，好棒。」

彷彿在安撫小小孩，手勁溫柔地輕撫我的頭。她明明個性大而化之老是愛開玩笑，這種時候會無比真摯且溫柔。

那明明是扭曲我人生的重大創傷，但只要說出口，就會覺得似乎也沒什麼大不了。為什麼我要獨自懷抱這種微不足道的小事好幾年呢？

感覺只要有風乃在，我能輕易越過任何難關。

突然，我的視野模糊。

突然想要脫口而出「我的眼睛被海風燻到了。」

但風乃什麼也沒說、什麼也沒問，只是持續摸我的頭，我想著也不需要那種無聊的藉口，哭出來了。

森林的影子覆蓋在岩石上，水平線那頭開始看見夜色時，我開口說：

「風乃，將來有天來東京吧。」

我終於吐露出自己的真心話了，全都多虧有風乃。不管怎麼謝也謝不完，以帶她參觀東京這種形式，應該可以稍微報點恩吧。

「啊哈哈，小京對你說的嗎？」

風乃笑道。

「啊，這麼說來，京花也這樣對我說。但和那無關，只是我想帶妳參觀。」

風乃肯定會找到我沒發現的東京美好，且比任何人樂在其中吧。

「這該怎麼辦才好呢～」

她歪著頭，如鐘擺般擺動雙腳。

「明年寒假如何？或許會下雪，這可是唯一一個志嘉良島上沒有而東京有的自然呢。」

我心想「就是這個」而說說看，還以為風乃會表現出更有興趣的樣子，但她的反應很保守。

「這個嘛……可能有點想看，一點點。」

「也有很多好吃的東西喔，雖然覺得輸給登美奶奶做的菜，但像甜點類的，肯定有妳沒吃過的東西。」

「沒吃過的東西？」

「嗯。妳不是說我和京花有將來的夢想很厲害嗎，妳沒有夢想嗎？」

我一問，風乃慢慢低下頭，俯視崖下海浪打在岩石上的樣子低聲說：

「我的，將來的夢想……」

用像看著眼前，又像看著遠方的眼神重複。

「嘗試做菜之類的如何？正統的那種。常聽人說，喜歡吃的人，也能成為一個成功的廚師。妳跟登美奶奶學做沖繩菜後到東京開店之類的。」

我自己也感覺拚命過頭到可笑，特地建議她到東京開店，是我有希望能在那邊見面的心機。但一開始妄想就停不下來了。

學會做菜的風乃，在東京的舊街區開家小店。

只有兩、三張桌子，其他只有吧檯席的小店。中午賣沖繩麵，晚上賣泡盛酒和幾款下酒菜。社交又開朗的風乃，肯定會大受常客好評。

在小店後方有畫室，我就在裡面作畫。顧客可以邊觀賞我掛在牆邊的志嘉良島風景畫，在宛如置身小島的空間中享受鄉土料理。

幾乎沒有獲益，只能勉強過活，但笑聲不斷。

就算是妄想也讓人感到害臊的，對我來說很棒的幸福光景浮現腦海。

沒想到原本只想要能獨自畫畫就好了的我，會想像和誰一起共度的未來。

「如何呢？這頂多只是我的意見啦。」

風乃什麼也沒說，看不出她的表情。我有點後悔，我是不是衝過頭了。

「……我會思考將來的夢想，差不多該回去了，晚上的森林很危險。」

風乃好不容易開口，說完後站起身。

看她面帶微笑，似乎不是因為感到厭煩而打斷話題。

「嗯，如果決定了就告訴我，我會全力支持妳。」

我也站起身，我是真心的，就算那畫面中沒有我也沒關係，我想要支持風乃的夢想。我不希望能為他人努力的風乃無法實現自己的夢想。

雖然沒去成離島上的御嶽，我們決定就此回去南風莊。

但在穿過榕樹森林時，身穿水藍色貨運公司制服的大地先生就站在那邊。雙手抱胸，表情激動得像是隨時都會撲上來。

「……喂，你們在森林那頭幹嘛？」

兇狠眼神，額頭上冒青筋。努力隱忍的聲調反而讓人感到恐怖，我起雞皮疙瘩了。

我想起風乃曾經說過：「這裡對島民來說是很神聖的場所，靠近可能會被大地哥哥扁吧。」

「你這傢伙，該不會是去了御嶽吧？」

大地先生又粗又長的手臂伸過來，抓住我的領口。當我意識到「我被抓住了」的瞬間，大地先生用讓我大腦劇烈搖晃的速度拉近他，我忍不住驚喊「咿！」

「大地哥哥！住手……」

風乃想要阻止他的聲音中斷。

我的內臟一陣劇痛。

嘴巴裡都是胃液。

感覺臉頰有沙粒的觸感，我這才發現自己倒在地上。

接著才發現自己全身使不上力，且無法呼吸。

最後終於理解了「啊，我的肚子被他扁了」這個事實。

「住手！」

搖晃的視線中，閃爍的光粒飛舞。風乃袒護倒在地面的我，擋在我和大地先生之間。

「風乃，妳是什麼意思？距離送靈日不到十天了。妳到底要跟這個外人一起玩到什麼時候？」

大地先生充滿魄力的聲音從天而降。

「我知道！但這是我的自由吧！」

風乃語氣強硬地反駁。

「聽說妳昨天晚上沒有回家，大家都在找妳，妳該不會和這傢伙……」

「什麼也沒做！這跟大地哥哥有關係嗎？」

無法動彈的我，看不見大地先生的臉，也看不見風乃的臉。

「風乃，妳知道我為什麼加入青年會嗎？妳忘了自己一個月前說過的話了嗎？」

大地先生的聲音比剛才冷靜許多，變成像要教訓風乃的聲音。

風乃沉默。

我的腦袋無法運轉，耳朵接受了對話內容也無法理解。彷彿被拔斷翅膀的蟲子，只能在地面上蠕動。

最後，風乃用細小卻非常明確的語調說：

「……海斗說他喜歡志嘉良島，我好高興。對我來說，這個小島就等同於我自己，那彷彿在向我告白他喜歡我。」

「所以妳改變主意了？」

「沒有！我又沒有那樣說！」

我好不容易轉動脖子抬頭看風乃。彷彿將黏稠液體旋轉攪拌的景色中，我看見風乃的後頸冒汗。而大地先生仍舊一臉恐怖地俯視這樣的她。

兩人互瞪一段時間後——

「……我先說了，已經無法停止了。不只是青年會和島民，這附近離島的猶他全都看著。」

大地先生最後留下這句話就離開了。

「海斗，你還好嗎？」

風乃的手放在我被打的肚子上，我的視線仍舊搖搖晃晃分不清楚天地，但風乃的手貼在我身上後，也漸漸安穩下來。

「……謝謝妳，痛痛痛。」

我勉強坐起上半身，沒想到肚子只被揍了一拳會變成這樣。如果被他揍臉應該會死掉吧。

「嗯……對不起，那個，我……我啊。」

「呼，雖然聽不太清楚，但御嶽果然是很重要的地方。」

我深呼吸後如此說道。現在五感都模糊不清，痛苦到想要立刻躺下。

風乃嚇了一跳睜大眼，慢慢點頭：

「嗯……嗯，就是啊。而且已經快到盂蘭盆節了，大家都很神經質。我不是說過，對沖繩來說，盂蘭盆節是一年中最重要的節日。這是因為沖繩認為，祖先們會變成神明。所以迎接祖先們回來跟迎接神明降臨一樣。特別是今年，是有幾個島民因為上個月的颱風過世後的第一個盂蘭盆節……」

這麼說來，我在抵達志嘉良島隔天的新聞上看過。

一個月前，有幾位島民因為颱風引發的風暴潮而過世。

「所以今年送靈日儀式的規模比往年還大。」

「送靈日是二十二號嗎？」

「對，盂蘭盆節的最後一天，送祖先們離開的那天。今年不是各家各戶，而是以青年會為中心，以小島為單位舉辦。所以團長的大地哥哥有責任讓儀式順利進行。真的很對不起，都是因為我邀你去御嶽。我太大意了。」

「才沒那種事，不明白的我也有責任，謝謝妳保護我。如果沒有妳，大概不只一拳吧。」

我終於理解大地先生以及島民們討厭我的理由了，在重要的活動之前，不知會做出什麼舉止的無知外人只是個大麻煩。

我不相信神明也沒什麼信仰心，但實際上如果是有人過世這種敏感的事情，那也只能理解接受了。即使是無關的陌生人的喪禮也得要懂得看氣氛表現出嚴肅態度，這點常識我還有。

我把手撐在腿上站起身，腳步不穩差點跌倒，風乃抓住我的手臂扶住我。

「還好嗎？」

「嗯，勉強還能走。我們回去吧。」

配合腳步不穩的我，風乃牽著我的手慢慢走回南風莊。我好幾次想要吐胃酸，整個人感覺像在海裡載浮載沉。如果是平常，我應該會痛苦到一步也走不動，但多虧有風乃，我還能走。

夕陽完全西下了，星光照亮我們的腳邊。

只要有風乃在我身邊，連夜晚的景色也看起來像人魚藍。

吐露心理創傷後讓我輕鬆許多；被大地先生揍了一拳很痛；碰觸到志嘉良島最重要的部分。雖然發生很多事情，但我的腦袋被一件確定的事情占據。

那就是「我肯定是為了畫出這幅景色，才會一直作畫到今天」。

三、畫下人魚藍

隔天，我得到登美奶奶的允許後，把南風莊的車庫當作畫室。把一百號的畫布靠牆擺著，下面鋪滿報紙。

登美奶奶把停在車庫中的廂型車開出去，停在車庫口替我擋住入口。從外面看不見我在裡面幹嘛，我可以專注創作。

最大的問題是炎熱。雖然打開長寬一公尺的小窗戶並打開電風扇，如果沒有積極補充水分，我可能會中暑倒下。

打開之前大地先生送來的紙箱，拿出顏料、調色盤、畫筆、調和油等東西，做好準備。

一般來說，畫在畫布上前要先構圖。為了創作出更好的作品，會在速寫簿這專門畫草稿的筆記本上畫上幾款構圖的草圖。有些人在思考構圖的時間花得比實際創作的時間還多。

我原本就只能把看過的東西直接畫下來，所以屬於不花時間構圖的人。平常都是抓出遠近，只決定顏色的印象後，立刻在畫布上畫底圖。

但這次連這些也不需要，因為該畫的構圖以及想要用的顏色如照片般烙印在我腦海中。

從來到志嘉良島的那天到今天，我不斷拖延畫大賽參賽作品的時間。拿來當成見風乃的藉口也是理由之一，但更重要的理由有二。

一個是我不想要參加大賽，也就是不想要讓人看見我的作品。這起因於我對風乃說的，我過去的創傷。

而另外一個，是我很害怕，畫完這個自我集大成的作品後，結果一如往常仍舊只是個技巧高超的平庸作品。如果是那樣，不只秋山老師，更重要的是我自己會打從心底感到失望。

老實說，這兩個原因並沒有徹底消失，只要我繼續作畫，這個心情肯定不可能消失吧。

即使如此，我在此時這一瞬間，想要畫畫。

把腦海中的東西，透過畫筆使其降生於世上的慾望。比任何恐懼都更加強烈的慾望，我認為是畫家最需要的東西。

把油彩顏料擠在調色盤上，用畫刀調和。混合幾種紅色與黃色顏料調出接近橘色的淡暖色，粗暴地塗抹在全白的一百號畫布上。

長一百六十二公分，寬一百一十二公分的一百號畫布。

這個尺寸普通來說也屬於大型畫作。雖然無法一言以蔽之，但在大賽中，作品尺寸越大，帶來的震撼也越大，也有得到高評價的傾向。所需的製作時間長，且構圖的平衡也很難斟酌，但製作大型作品是為了得獎的最快手段。這是秋山老師的建議。

我拿著畫刀，由右上到左下，縱向在畫布上塗抹。偶爾改變筆觸的角度，創造出隨意的感覺。

這個過程稱為打底，在我用橘色畫滿整張畫布後，接著在上面覆蓋上原本該畫的顏色。如此一來就會看不見打底的橘色，但這絕非無謂的步驟。油畫的特徵「深奧的色調」就是透過好幾種顏色交疊而創造出來。就算最表面的顏色是冷色系顏色，從下面淡淡透出來的橘色也能給人溫暖的印象。

汗水流過額側，從下巴往下滴。汗水流入眼中，我用手擦去，顏料大概沾到臉上了吧，但要是每次弄髒都在意，可是沒完沒了啊。

打底結束後，拿細炭筆畫上粗略草圖。

中間淡淡畫出一條線把畫布分為左右兩半，漂亮的設計，都有被稱為「黃金比例」的共通比例，據說是一比一．六一八，就算是相同一張畫，也會因為有沒有遵循規則而影響直覺式的好壞判斷。

又接著分為上下兩部分，上半部再用黃金比例上下切分，我輕輕握著炭筆，仔細描繪每部分所需的主題。這和打底不同，是很細膩的步驟。

「海斗！你根本完全沒有喝啊。」

拿著裝有沖繩香片茶的一公升水瓶過來的登美奶奶大喊。

埋首畫布世界中的我，突然被拉回現實。這個瞬間，全身遭受沒發覺的疲憊感襲擊，特別明顯的是脫水症狀。

在我開始畫畫前，登美奶奶替我準備讓我補充水分用的香片茶水瓶完全沒減少，我太專注畫畫，一滴也沒喝。

「……唔。」

原本想要說話，舌頭緊緊黏在喉嚨上無法出聲。我有點暈眩，用淋浴的氣勢狂喝茶。

在登美奶奶嚴正警告下，而且顏料還沒乾也沒辦法繼續下一步，所以我今天的工作到此結束。從早上九點毫不停歇地畫到晚上七點，我狼吞虎嚥吞下替我準備的晚餐，立刻倒下睡覺。

我不想要思考作畫以外的事。

那和我先前的作畫方法完全不同，我不知道是不是真的有辦法畫出好成品，但總之無比期待。

隔天也同樣悶在車庫裡。

今天進入粗略上色步驟，正如字面所示，就是粗略畫上陰影讓畫作變得更加具體的步驟。

整體毫無空隙地用藍色系色彩填滿。彷彿從左下往右上擴散開般，擠壓鉻綠色的顏料管擠出綠色。創造出畫布下方以深藍，上方以綠色為主色調的感覺。

下方畫上志嘉良島最具特徵的紅瓦屋頂聚落，聚落沉入海中的感覺。太陽光穿透右上方的海面照射，海底聚落靜悄悄地妖豔佇立。

替旁邊漂盪的海藻與珊瑚礁畫上陰影。岩石上有青苔。雖然是意象，但這是參考我實際潛入海中看海面的畫面。如果沒有這個經驗，我肯定不會想到這個。就算可以想像，也只會變成很假的一幅畫。

為了讓大海從平面變立體，用筆觸表現海浪漂盪的感覺，主色調為從綠色轉為藍色的漸層色，但其中也細微地加上白色、黃色、黑色、灰色及橘色等顏色。

油畫是畫出光的東西，而光線並非單一顏色，而是許多顏色的聚合體。

用肉眼看，大海看起來不像黃色。但只是沒有看見，顏色確實存在。把這些顏色疊加上去後，比起單純的藍色看起來更像大海。

如果和想像不同，那重畫就好。和水彩畫不同，油畫可以無限重畫。我至今從未感覺那是個優點，這回卻感覺到好幾次。

突然回過神時周遭一片黑，我似乎倒在車庫水泥地板上睡著了，好險在登美奶奶發現前醒來了，要是被她發現，我可能會被她禁止畫畫吧。這還是我生平第一次專注作畫到失去意識。

第三天，終於進入細部描繪與收尾步驟。

在右上方陽光普照之處與左下沉在海底的聚落之間，畫上上半身為女性，下半身魚尾的「人魚」。

人魚對著海面哼歌。

我自己也覺得很害臊，這是風乃。因為拉著我朝光明處前進的人就是風乃。如思春期的國中生以自己喜歡的人為主題作詞作曲般害臊得無地自容，我現在正在做相同的事情。

但我比起任何東西都想要畫這個，這也是沒有辦法。

不是為了作畫尋找主題，而是為了表現主題而作畫。有種晚了好幾步，我重新開始做國中起無法做到的，對作品投注感情的方法。從這層意義上來說，這令人無地自容的行為，也是我找回孩提時代感性的證據。

畫布中，人魚風乃沐浴在陽光下唱歌。從她身上灑落的光芒，照亮海底的志嘉良島。

我不知道這幅畫到底畫得好不好。

但只要看著畫就讓我忍不住臉紅，心裡嘈雜。

和在此之前我那除了「技巧很棒」之外沒任何感想的風景畫作品完全不同。

我全心全意描繪所有主題，特別對人魚沒有任何妥協。我要把風乃具體呈現在這個世界中，投注累積在我指尖的所有經驗與感性。

我不允許作品和我腦中的景色有分毫誤差。

接下來只剩下調整整體的色調，以及細部修正。

當我遠離畫布雙手環胸俯瞰作品時，窗外傳來玻璃破掉的尖銳聲音。

一看外頭，登美奶奶蹲在濕透的地面撿拾玻璃碎片，她似乎是把裝香片茶的水瓶摔破了。

「沒事吧？」

我手撐在窗框上問，登美奶奶嚇得肩膀抖了一下。

「……啊、啊啊，沒事，你別在意。」

「但妳的手在發抖耶。」

難得見凡事手腳俐落的登美奶奶這麼不可靠，我跳過窗戶幫忙收拾。

「你那是什麼意思啊？」

登美奶奶小聲說。她沒有看我也沒有看我的畫，所以我無法立刻理解她在說什麼。

「咦？」

「那張人魚的畫。」

「啊，很怪嗎？我基本上幾乎都完成了。」

登美奶奶一度站起身，從窗外看了車庫裡的畫之後，又蹲了下來。

「……沒有，沒事。你別在意。只花了三天就完成，你還真是厲害呢。」

接著在撿完碎片後，帶著無法釋然的表情走回去。

總覺得她的反應讓我有點不安。果然客觀來看，這幅畫不好吧。登美奶奶之前誇獎我素描畫得很棒，但對這幅人魚的畫，只誇獎我作畫的速度。

但時至此刻，我也沒辦法重畫了。

沒有那種時間也沒有體力，投注畫中的感情也非虛假。就算大賽最後的結果不好，就算被刷掉，我也想用這幅畫被刷掉。總之，我堅持做完收尾。

就這樣，我到志嘉良島的目的，繪製參加「丸之內創世紀藝術大賽」的畫完成了。

此時是八月十六日，距離我回東京只剩下四天。

隔天早晨，風勢比平常還要強勁。

「今天風乃會來喔。」

登美奶奶告訴我。

「這樣啊。」

我裝作沒有任何想法般回應。上次最後見到時，風乃說再來三天無法見面。所以我才會投注全身心力，只花三天就完成百號畫作。我想要讓她看我完成的畫。

「海斗，你從風乃口中聽說了嗎？」

「聽說什麼？」

我不懂這個問題。我邊回問邊在座墊上坐下。登美奶奶坐在我斜前方，無言倒香片茶。盯著自己手邊看一段時間後，站起身。

「那幅畫上的人魚，是風乃對吧？」

理所當然會被看穿，我好害臊，邊搔後頸邊點頭。

「對，就是這樣。」

「你不知情就畫了啊。」

登美奶奶嘆了一口氣。

「……那幅畫有什麼問題嗎？」

感覺我好像搞砸了什麼。登美奶奶從昨天看見我快要完成的畫作後，就對我有點冷淡。

「不，沒事，沒什麼。」

登美奶奶說完後，朝廚房走去。

我在滿頭疑問中吃完早餐。

「海斗，嗨待！好久不見！」

三十分鐘後，我聽見氣勢十足從玄關衝進來的腳步聲。是風乃。

「嗯，好久不見。」

我努力別讓自己的聲音岔開，小心翼翼回應。雖說是每天見面，沒想到短短三天沒見會如此想念，自己也很想笑。

「我不在你身邊，你很寂寞對吧！」

風乃朝我伸直手指說，我回答：「很寂寞喔！」

「什麼，真老實。」

風乃似乎相當意外，嚇了一跳。

「我有東西想要給妳看。」

「哦、喔。什麼？」

當然是人魚的畫。從我口中得知京花將來想要成為歌手時，風乃表現得相當落寞。被自己的死黨隱瞞將來夢想很痛苦吧，所以我想要讓她看完成的畫作，接著重新自己親口對她說：「我將來想要成為畫家。」

我起身時，登美奶奶慌慌張張從廚房回到起居室。

「海斗。」

難得聽到登美奶奶有點著急的聲音，登美奶奶看看我又看看風乃後，好幾次把到口的話吞下肚。接著放棄掙扎般邊嘆氣邊說：

「……要小心別中暑啊。」

「我知道了。」

「了解！」

我和風乃走出南風莊，朝後頭的車庫前進。

「我昨天把要參加大賽的作品完成了。」

「咦？你該不會要給我看吧？你明明說過就算完成也不會給我看耶！」

「嗯。再怎麼說，妳帶我參觀那麼多地方，不讓妳看也說不過去。而且，我想要讓妳看。」

「啊哈哈，好害羞喔。那我來替你評審！」

風乃把手高舉至臉旁，眼睛閃閃發亮地快步前進，那是打從心底期待的表情

另一方面，我心情也不平靜。讓風乃看那幅人魚的畫，等同於在喜歡的人面前，朗誦寫給對方的情書。

如果她說很噁心該怎麼辦，但那也無所謂了。

我已經下定決心讓風乃看畫之後，要傳達自己的心情。

我已經能不在意他人的評價，只畫自己想畫的東西了。這比什麼都寶貴，而這是風乃引導我的。所以不管結果如何，我都要對風乃告白。

大概會被甩吧。但比起被她尷尬拒絕，我更希望她可以一如往常「啊哈哈」大笑。風乃看似我行我素，其實是相當貼心的女孩，肯定不會說出太傷人的話。

「在車庫裡。」

「是喔……哇超嚇人！超大！」

風乃靠近車庫，伸長脖子從窗戶往裡面看。看見畫後，驚訝地往前跑，衝勁十足地把手搭在窗框上。

她看見裡頭靠牆擺放的畫後上半身往前傾，接著停止舉動。

「顏料還沒有完全乾，所以別碰喔。」

我對著風乃的僵硬背影說道。

從她的個性和她剛剛的衝勁來看，我還以為她會越過窗戶靠近。

但現在，她一句話也沒說，靜靜不動。

我看著風乃的背影。

……為什麼動也不動？

這是因為什麼情緒產生的反應？

是因為發現人魚的原型是她自己嗎？再怎麼說，如此神似也會發現吧。

是因為太噁心而說不出話來嗎？

我早已達到極限的心跳，突破極限狂奔。

好尷尬。

我在心中大喊「起碼說些什麼啊」。

我越過風乃眺望人魚的畫。

這幅畫利用鮮豔的色彩，表現出沉在人魚藍海底的聚落，從那裡往上浮的人魚，以及從海面往下灑落的陽光。

雖然只花三天時間製作，但我把在人生中學到的技術與感性全灌注在畫布中。

如果這點遭到否定，我會很受傷。

我邊這樣想，從旁邊戒慎恐懼地偷看風乃的臉。

我原本預想看見她倒退三尺的訝異表情。

如果有奇蹟，就是我畫得太棒撥動她的心弦，她感動到說不出話來。

但我這兩個猜測都落空了。

「……差勁。」

風乃小聲說。

從她盯著畫作看的眼中，落下一滴滴淚水。

「咦……怎……咦？」

我的思緒停止，當機了，腦袋無法理解。

風乃轉過頭來。

淚水從她睜大的左眼流出，慢慢滑過臉頰。

右眼中也積蓄著淚水，反射光線緩緩晃動。

「差勁透了。」

風乃這次面對著我又說了一次。我「或許是聽錯了」的微小希望也被打碎，腦袋一片空白。

風乃粗魯地用拇指抹去淚水，跑走。

我只能用視線追著她的背影低語：

「……差勁？」

濕潤的風，搖晃我孤獨的身體。

*

被風乃拒絕讓我大受打擊，我在床上躺了一天。

隔天，看見颱風逼近的新聞，我在意識矇矓中，慢吞吞地收拾車庫。

人魚的畫用三層瓦楞紙版這種強度更高的紙板包裝，這是關係到我將來的大賽參賽作品，本來該要仔細包裝，但我粗暴地隨便亂包。

就是這般，一切都無所謂了。

正如氣象預報，颱風在隔天直撲志嘉良島。邊聽著強風打響防雨門的聲音，我在昏暗的房間裡抱膝度過。

我該去見風乃嗎？

我該問她說「差勁」的理由嗎？

我自問自答好幾次，最後用颱風無法出門當藉口放棄。反正理由很單純，除了「討厭我的畫」之外別無其他。那是投注我全部感情的熱情之作。作品遭到否定，等同於我自己遭到否定。

失戀這兩個字浮上心頭，就算明言告白，我也沒有能被她接受的自信，但我沒想到竟然會被用這種方式甩掉。

而且，最讓我悲傷的是我傷了風乃。天真爛漫的她哭泣的一面，我大概永生難忘。

在我拖拖拉拉中，一轉眼到了二十號。我要離開志嘉良島的日子。

我要搭第一班船到石垣島和秋山老師會合，預定今天內要回到東京。畫材和來這裡時相同，用貨運送回東京。但因為秋山老師無論如何都想要直接確認畫作，所以我只能當成隨身行李搬上船。

「登美奶奶，非常感謝妳的照顧。」

登美奶奶開廂型車送我到港口，我把包裝好的畫作從車上卸下來。長一百六十二公分，寬一百一十二公分的大紙箱，光搬運都要費一番功夫。

我一鞠躬後，登美奶奶坐在駕駛座上，一如往常面無表情地說：

「如果你願意，下次再來吧。」

「哈哈，說的也是。」

我回以含糊不清的回答。應該需要很長一段時間，我才會想要再來吧。就連現在，風乃沒有來送我讓我鬆了一口氣的同時，我也對「真的沒有絲毫希望」感到絕望，內心一團亂。

「如果你見到我兒子，可以告訴他偶爾也回來一下嗎？」

登美奶奶手肘擱在車窗上如此說。

「我和登美奶奶的兒子沒有直接認識……如果他從事美術相關的工作，那我的老師可能認識他，我請老師轉達。」

「馬上就會認識的……因為海斗畫了那樣的畫啊。」

留下這句預言般的話，箱型車揚起塵煙在泥土路上疾駛而去。

我的腳步因為寬大的畫作承受強風吹拂而東倒西歪，好不容易搭上高速船。

船艙裡空無一人，話說回來，我從沒見過有乘客搭上這艘船。

都還沒出港，船身已經不停搖晃。帶著雜訊的廣播聲顯得特別響亮，根據廣播中傳來的天氣預報，彷彿被昨天離開的颱風吸引，第二個颱風從西南方朝這邊靠近。似乎再過兩、三天就會直撲志嘉良島。

汽笛聲響起，船隻開動。搖晃劇烈讓我感到很噁心，我上到甲板吹風。

雖然風很強，但天氣還不差，晴朗天空中掛著薄薄雲層，雲朵往志嘉良島的方向流動。

我無意識地朝志嘉良島的方向看。

——接著，我毛骨悚然地感到身體都僵硬了。

船隻開離港口五十公尺左右。停船處停著兩艘高速船和幾艘小漁船，順著海浪規則搖晃。

在離港口稍遠的海岸沿岸，站著一整排的島民。

數十人，不，或許超過百人。距離遙遠看不見表情，也分辨不清誰是誰。但所有人都看著這邊，只知道他們看著這艘船。

彷彿來確認我真的離開了。

我回想起和風乃一起在島上參觀時碰見的島民們的態度，除了風乃、登美奶奶和小孩子以外，每個人都朝我咋舌，問我什麼時候要離開。

風乃開朗說著「啊哈哈，對不起」向我道歉，所以我覺得無所謂，就算送靈日有重要儀式，冷淡無情到這種程度也令人火大。

我真想把用紙箱包好的畫作丟進海裡，然後接著大喊一句「我再也不會來了，你們這群鄉巴佬！」

但再怎樣也不可能那樣做，我失落沮喪後，還暈船朝大海狂吐胃酸。

一小時後抵達石垣島。當我下船時，看見一位女性帶著行李箱站在人煙稀少的港邊。帽簷寬大的帽子加太陽眼鏡，全身長袖長褲。讓人感受到不想露出絲毫肌膚的強烈意志的女性，看見我之後大聲喊我。

「海斗！」

我聽過這個聲音，更正確來說，是留下強烈印象的聲音，我立刻知道是誰。

「京花。」

她摘下太陽眼鏡，刺眼似地瞇起眼睛跑過來。

「妳現在要回志嘉良島嗎？」

「對，話說回來這行李是什麼啊？」

「這是，那個……」

她在說畫作。在我含糊其詞時，她彷彿這才想起來猜測道：

「該不會是參加大賽的畫吧？」

「妳聽風乃說的嗎？」

她對京花說了啊。想起她說「差勁」的那一瞬間，我身體緊繃。她對京花抱怨了什麼呢？

「在電話裡。她很開心說著，就是為了這個才帶海斗參觀小島。」

「她帶我參觀是一段時間前的事情了，所以是用我的手機說話那時？」

「對啊。」

我喃喃自語「這樣啊」，那是我失戀前的事。也就是說，等京花今天回去後才會聽到風乃抱怨啊。

「讓我看看你的畫。」

在我沮喪時，京花直盯著紙箱看催促我。

「才不要，很丟臉耶，該怎麼說呢，總之不要。」

我剛畫完時還覺得這是集我人生大成的巨作，而現在連拿去參賽都讓我躊躇。

「什麼嘛，我也是忍著害羞唱歌的耶。你卻不給我看你的畫，這太不公平了。而且我單純對你的畫很有興趣。」

京花瞇起眼睛。她成熟的臉，變成想要惡作劇的孩子的臉。我可以聽見她心裡正在說「如果你不讓我看，我就自己拆來看」。

「真的不要，而且這是最差勁的畫。風乃這樣說了，我還惹哭她了。」

京花的表情立刻一變，皺起眉頭。

「風乃……哭了？」

一臉無可置信的表情。我直到現在也還無法相信，沒想到那個開朗又活力充沛的風乃會哭。

不僅如此，我也沒想過會從她口中聽到貶低什麼的話語。所以才讓我更受傷。

在我們倆沉默不語時，汽笛聲響起，船似乎就快要出港了。京花看看我又看看紙箱後，身體朝船的方向移動。

「總之，我再聯絡你。」

就這樣搭船離去。

走出港口。石垣島的風比志嘉良島周遭還更和緩，似乎還沒受到颱風影響。和我先前來時相同，給人「南境之夏」的感覺，相當熱鬧。許多觀光客與當地人來來往往，看著帶著大紙箱的我。

但他們的視線沒有志嘉良島島民那樣陰沉又充滿攻擊性。在沖繩，舊曆盂蘭盆節似乎是一年中最重要的節日，但同為沖繩離島，對送靈日的重視程度似乎大有不同。

「你那什麼臉？說被熱壞了也太誇張了吧。」

來接我的秋山老師一看見我，立刻對我毫無霸氣的表情表示傻眼。

「秋山老師還敢說，你的臉也變了耶，是不是變胖了啊？」

秋山老師和我相反，表情充滿活力。身穿扶桑花花紋的嘉利吉襯衫，蓬鬆的爆炸頭上方帶著一頂草帽。完全展現出享受度假的感覺，更讓我覺得可恨。

「我去了一趟新德里，你知道嗎？就是印度的首都。正統咖哩的香料完全不同，有從石垣島出發的直達班機，哎呀，印度真棒，可以成為搖錢樹。」

他聲音很開朗。看來他的畫商工作似乎賺了一筆，度過相當充實的二十天生活。就在我失戀時。

「這樣啊，那我們快去機場吧。」

我逃避得想邁出腳步，但被秋山老師阻止了。

「往那霸的班機停飛了，因為颱風。」

「咦？天氣這麼晴朗耶？」

我抬頭看天空，刺痛人的陽光直射。

「昨天有颱風直撲志嘉良島對吧？那個颱風北上，現在正好在那霸上空。所以今天往那霸的班機幾乎都停飛。」

「那我們該怎麼辦？」

「我改成後天的班機，也訂好飯店了，走一下馬上就到。」

「這樣啊，謝謝你。」

「人魚的畫，就讓我在飯店裡看吧。」

「……好。」

我已經事先拍照傳給秋山老師，當時他沒有特別給我評語，只說了總之先讓他直接看畫。到目前為止，這幅畫還沒得到任何人誇獎。得到的反應，只有「惹人厭到哭出來」這一個。

我憂鬱地走到飯店，因為炎熱與緊張而滿身大汗。

我在飯店房間裡拆開包裝。

人魚藍的人魚畫像，從紙箱中解放。

「秋山老師對不起，你特地帶我到志嘉良島上去，我卻只能畫出這種畫。」

我說完後，秋山老師沒有回應，只是張開嘴，但他什麼也沒說，又一臉費解緊咬下唇。視線接著從畫布右上光線的部分，慢慢往左下的聚落移動。靠近畫作，仔細觀察每個細節，接著退到房間盡頭貼著牆壁，俯視整體。

「那個，要不要別參賽了？運送也要花錢……」

就連毫不留情誇獎、批評的秋山老師都無話可說，只是雙手環胸沉默不語，我也越來越不安。

最後，他一臉認真地把雙手擺在我肩上。

「海斗，你要做好人生就此改變的覺悟。」

「啥？什麼……」

「就是說，這幅畫無庸置疑是幅傑作！」

在那之後，秋山老師聯絡認識的業者來收取畫作。因為颱風在那霸上空滯留，沒有辦法馬上報名參賽，但大賽八月底才截止報名，時間還很充裕。

秋山老師也和業者一同出門，我獨自在床上躺下。

傑作？

被風乃說「差勁」的那幅畫耶？

我還不太相信。但秋山老師還是第一次這樣誇獎我。

如果那幅人魚的畫可以在大賽中進入佳作，肯定可以拿到東京美術大學的推薦入學資格，把畫畫當工作的人生等著我，這令人喜悅。我就是為此來到沖繩，我腦袋相當清楚。

那幅畫是為了參賽而畫的作品，我會在那裡接受他人評價。

但在我心中，評審早已結束了。

風乃看見那幅畫時，落淚的瞬間，那張表情就是我的評審結果。

比起受到秋山老師或哪裡的知名評審認同，我只想要讓一個人，讓風乃認同，只想得到她的誇讚。

我的價值觀很不安穩，只受到一個女孩左右。這種心理素質，根本不可能當個畫家。

我現在才想起來，把畫作的照片傳送給京花。我的確聽了京花唱歌，所以也有給她看畫的義務。雖然不想要讓她在我面前直接看畫，但給她看照片還能忍受。

為了擋住從窗外射入室內的刺眼光線，我把右手臂蓋在雙眼上。就算京花回信我也打算視而不見，但她根本沒回。不知不覺中，我已經睡著了。

隔天，秋山老師帶我去渡假飯店的法國餐廳。這裡的客群優雅，和到處熱鬧喧騰的石垣島格格不入，高雅的室內裝潢很高級，就是一流飯店的感覺。

難得看秋山老師穿上西裝。雖然一如往常一頭爆炸頭，但大概是他平常身為畫商常與有錢人往來吧，態度大方。

我和秋山老師坐在圓桌旁，另外還有一張椅子。秋山老師說要替我介紹一個人，但我沒想到氣氛竟然如此嚴肅。肯定是有相當地位的人。

「第一次見面，你就是海斗吧。」

現身的是一位五十歲左右，一臉溫和笑容的紳士。

身穿名牌焦糖棕色西裝，頭髮整齊地三七分。但沒給人難以接近的印象，下垂的眉毛和眼角的細紋創造出和善的氣氛，讓人湧出親近感。我站起身一鞠躬。

「我是高木海斗，高中三年級。」

「還真是有禮貌呢，完全看不出來是秋山的學生。」

那位紳士睜大眼，爽朗笑著，我們彼此落座。彷彿算好時間，服務生在兩人的杯中倒入葡萄酒，我的則是礦泉水，倒在特別細長的杯子裡。

「我只是空有其名的講師。」

三人輕輕敲杯喝一口後，秋山老師食指搔搔臉頰。

「那幅畫你也沒給建議嗎？」

「那無須懷疑是靠他自己的力量，我既沒有聽他說主題，也沒看他的創作過程。」

「喔。」

紳士一哼，緊盯著我打量我，秋山老師繼續說：

「我當他的講師，好好指導他也只有國中時期。他升上高中之後，幾乎只是替他補充畫材而已。大部分的技巧建議他都能馬上吸收，從來沒有讓我指正相同問題過。沒辦法展現自我是他唯一的缺點，但看到那幅人魚畫應該可以明白，他也克服這點了。」

「那確實是幅傑作。」

看來這個人已經看過我的畫了。知道這點後，我突然變得坐立不安。因為秋山老師完全沒向我介紹，我只好自己開口：

「那個，秋山老師，這位是？」

「喂秋山，你沒說明啊？」

「因為我想嚇他一跳啊。」

紳士苦笑著低頭：

「我是宜野座昇陽。『丸之內創世紀藝術大賽』的評審長。」

腦海浮現「宜野座昇陽」的字樣，這麼說來，我似乎在大賽參賽細項的欄位中看過這個名字。評審長應該是有點名氣的藝術家，但我想不到任何作品。如果秋山老師事前告訴我，我就能調查一下再來了。

「別擔心，不知道也是當然。我自己沒留下什麼作品，現在也只是單純的教育者。」

「啊，是這樣啊。」

我的心思好像寫在臉上了。秋山老師有趣地邊笑邊補充：

「宜野座老師是我的恩師，他是我念東美大時的兼課講師，很照顧我。再加上一件事，他就是你在志嘉良島住的民宿，南風莊家的長男。」

「那麼，登美奶奶口中畫畫的兒子就是……」

「就是我。秋山突然對我說想在志嘉良島上訂房時，我還想說怎麼了，沒想到是為了讓學生畫畫啊。」

宜野座老師解開襯衫第一顆鈕扣，邊鬆開領帶邊說道。

聽到這個，我馬上想到秋山老師帶我到志嘉良島的理由了。

「難不成，秋山老師在沖繩群島中選擇志嘉良島，是為了要讓我畫評審長宜野座老師家鄉的風景畫嗎？」

秋山老師咧嘴一笑。

「沒錯，我從這個人確定當評審長時就開始考慮了。」

「你明明說是工作順便。」

「我當然也有工作啊，還去了一趟印度。」

「但這難道不是作弊嗎？」

我戒慎恐懼地看向宜野座老師。

在秋山老師的計謀下，我畫了可能受到他舊識的評審長喜歡的畫，這和其他參賽者並非相同條件。如果因此得獎，應該算是作弊吧。

宜野座老師彷彿想要撫去我的罪惡感，溫柔笑著說：

「秋山似乎想要讓你畫出可以誘發我的鄉愁的畫，多少提升入選佳作的機率，但老實說，這種小手段對評審沒有任何影響。我不是憑喜好審查，能不能得獎也不是我一個人能決定。」

「這是小手段啊。」

秋山老師苦笑。

「而且那幅人魚的畫，不管是不是畫我的故鄉，都是能感動觀賞者的畫。純粹得讓人不自覺臉紅，沒有一個評審能畫出來。不，說全世界只有你能畫出那幅畫也不為過。就算抽開文化背景也能如此說。」

不太懂最後一句話的意思，但無庸置疑是實在的讚賞。我對秋山老師使了個眼色，他雙手交握點點頭，替我開口問宜野座老師：

「宜野座老師，我可把這句話當作評審長的意見嗎？」

「哈哈，這當然只是我個人的意見，你就當作酒酣耳熱時的胡言亂語吧。除此之外，在結果出來前我也不能多說什麼，但如果那個作品沒有入選佳作，你立刻離開日本比較好。不，不僅能進入前三十名，甚至可能拿下首獎。如果成真，你就是大賽史上最年輕得獎者。」

宜野座老師清清喉嚨後補充一句：「當然啦，我也還沒看過全部作品，所以無法保證就是了。」

我理解他給我很好的評價，但無法消除我的罪惡感。就連這樣同席而坐，都讓我感覺這是不是算作弊。看見我表情不開朗，宜野座老師和秋山老師對我曉以大義：

「這次是沒太大意義啦，但利用公開的資訊建立對策是理所當然的手段。」

「就是說啊，海斗，能做的手段全都要做。不管是資訊、感情，甚至是作品，只要能利用，全都要拿出來用。」

「秋山從以前就是這種人，一點也沒變。」

宜野座老師一笑，秋山老師有點害臊地皺起眉頭。

秋山老師說要抽根菸而暫時離席，這段時間宜野座老師對我說了秋山老師的往事。

他從進入東京美術大學時就是爆炸頭，在校內也是特異的存在。

「秋山總之很聰明，知識量早已超過學生的程度了。」

「他很常引用畫家的名言。」

我忍不住點點頭。

「他把世界上所有名畫的色彩模式、構圖與技法全部背下來，接著互相組合用在自己作品上。在不被說是模仿的範圍內。」

「那……」

不是自己的作品，但我前不久或許也是如此。不是因為想要畫出想畫的東西而拿筆，只有莫名「想畫畫」的心情跑在前方，總之只能畫下眼前的東西。直到畫出人魚畫之前。

「不知是幸還是不幸，秋山擁有判斷作品好壞的一流審美觀。正因為如此，才會無法忍受自己與其有天壤之別的畫，而想要借用他人的東西吧。比起技術或其他，如果沒有『這就是我自己』的信念，無法在藝術的世界中存活。」

「在畫那幅人魚畫之前，秋山老師說過我欠缺一些東西，我自己也這樣認為。」

「這樣啊。」

宜野座老師喝了一口葡萄酒，點頭好幾次，嘴角綻開笑容。

「秋山老師是怎樣克服的呢？」

「總之嘗試了許多事情。喝得爛醉全裸作畫，悶在山裡被野豬追之類的。那個時期真的很開心呢。」

宜野座老師閉上眼睛，相當懷念地微笑。大概有點醉意了吧，感覺他的臉比一開始還紅。

「您全陪在他身邊嗎？」

「是啊，陪秋山固定他的感性的過程，就跟自己的事情一樣開心。所以你也要儘管使喚秋山，秋山也這麼想吧。結果他不是成為畫家而是成為畫商，但他利用時間開設繪畫教室，也是因為想要站在教育者的立場做這件事吧。」

「我非常感謝他，如果沒有秋山老師，我應該早就放棄畫畫了。」

秋山老師謙虛說自己只是負責補充畫材，但特地持續經營只有我一個學生，也就是只有我的學費收入的繪畫教室，從他講求合理的個性來說很不合理。

如果畫出人魚的畫，能向對我這種人持續抱持期待的秋山老師稍微報恩，那我單純感到很開心。

第一次產生畫出那幅畫真是太好了的感想。

在秋山老師回來後，前菜及湯品等等的料理陸續端上桌。

其中的石垣牛牛排真是絕品。表面燒烤得酥脆，裡面是還很紅嫩的半生熟。口感濕潤且不油膩，肉汁隨著每次咀嚼不停流出。

不管哪道料理，第一口都給人至高的幸福感，但很快就感覺膩了。登美奶奶做的鄉土料理就不會這樣，雖然沒有這個法國料理刺激，卻讓人上癮，想要每天吃。

「但話說回來真的幫大忙了，志嘉良島的民宿每間都被訂滿了，讓我超傷腦筋啊。」

吃完所有菜餚後，秋山老師拿起餐巾邊擦嘴邊說。

「還真虧你知道我的老家開民宿耶。」

「你以前說過啊，老師只要喝醉就會很多話。」

宜野座老師小聲說著「是這樣嗎？」皺起眉頭苦笑。

「都是因為你無論如何地拜託，我才會打電話給我媽。但已經一段時間沒聯絡了，正好是個好機會。」

「那真是太好了，你母親在電話那頭也很擔心你。她應該希望你可以回家吧？」

「那是一個被八股習俗束縛的小島，海斗應該也很清楚吧，老實說，我沒有打算再回去。」

八股習俗，是指「送靈日」嗎？

正如宜野座老師所言，雖說是與祭祀亡者相關的事情，但排除外人到那種程度的團結力，可是都市看不見的。我認同地點頭。在那之後開始聊起秋山老師的學生時代，以及日本美術界的將來。

格調高貴的法國餐廳確實很好吃，但量對高中男生來說有點少。在讓人緊張的空間中吃飯，我到最後一刻都無法融入，但秋山老師說今後這類機會會增加，要我習慣。

如果得獎，似乎就會有許多訪問與餐會邀約。秋山老師說我的人魚畫有得到這等評價的價值。結果尚未出爐已經確定會入選佳作，甚至聊到極有可能拿到首獎。

我慢慢湧起「人魚的畫真的是好作品」的感覺，但沉浸於這份感覺的同時，也在意起其他事情。

秋山老師說志嘉良島上的民宿全部訂滿而訂不到，最後是拜託南風莊的家人宜野座老師才終於訂到房這點。

島上完全沒有觀光客，也就是說，明明有空房卻說謊拒絕他人訂房。

這和猶他的老婆婆在快餐店裡提過的「不讓任何觀光客進入」一致。

實際上，島民對我和登美奶奶很冷淡。彷彿我們打破了什麼規矩。

我心想「這怎麼可能」，但事實上京花碰見猶他之後，樣子也變得很不對勁。

在那之後，秋山老師和宜野座老師要繼續去喝酒，我獨自搭計程車回飯店。

在車上，我拿起手機查志嘉良島的資料。

「一座隸屬沖繩縣八重山列島的有人島。」

接著出現衛星照片與景觀等圖片，這樣看圖片，會覺得紅瓦聚落異常漂亮，彷彿電影場景。完全沒有我昨天還住在那裡的感覺。

也看到港口那個噁心的人魚銅像照，就是因為有這個，我才覺得風乃看起來像人魚，如果是看著這個銅像長大，或許對人魚沒有好印象，那也許是她說出「差勁」的原因之一。

「因珊瑚礁隆起而生成的琉球石灰岩形成的低窪島嶼，近幾年因地球暖化影響，海平面上升造成土地面積減少。」

這個風乃曾經說過，因為水位上升，沙灘的形狀也跟著改變。

「陸續發生因颱風造成的局部地區淹水受災狀況。」

也刊載了住在沿海的幾位島民因而喪生的新聞，這也是導致島民更加重視送靈日的原因。

重新查詢後，發現很多事情我都知道。明明只待在島上二十天，多虧有風乃帶我參觀，每個風景我都看過。

就這樣滑過畫面，在歷史欄位上看見在意的關鍵字。

「人魚傳說？」

帶有奇幻色彩的字詞，簡單來說如下：

——很久很久以前，石垣島上的某個漁夫救了人魚之後，人魚告訴他「將會有大海嘯襲擊小島」，漁夫同村的人因此逃上山而逃過一劫，但不信邪的鄰村被海嘯吞沒，受到毀滅性傷害。

這是常見的，帶有教誨的民間故事。

但這為什麼被列在歷史欄位中呢？如果和桃太郎、浦島太郎那類同為單純的民間故事，應該要列在其他欄位才對吧？

我感到不解，繼續點選相關關鍵字。

人魚傳說中出現，侵襲石垣島的海嘯，似乎是實際上存在的「明和大海嘯」。一七七一年觀測到浪高超過八十公尺的巨大海嘯，這個高度為日本史上最高。

我孩提時代震驚全世界的東北海嘯浪高四十公尺，所以規模比這還要大。當時看畫面也感覺在看電影般毫無真實感，我完全無法想像超越其上的規模是怎樣。

襲擊八重山諸島的大海嘯造成許多人受害，具體來說，死者與失蹤者超過一萬人，這將近當時人口的三分之一。

不僅如此，好不容易活下來的人也因為海水造成的鹽害，許多農田與農作物受損，沒辦法過著與先前相同的生活。

島民為了重建，遠赴日本本土或到台灣去賺錢，也有整個村莊從這個小島移居到其他小島。但在那邊也碰到飢荒與流行病，在那之後將近百年，八重山諸島的人口不斷減少。

這大幅改變島民們的文化與價值觀，記述上強調這是歷史性大災害。

抵達飯店後下計程車，這是裝飾橘色電燈泡的便宜飯店。雖然不及志嘉良島，但這裡的夜空也能看見比東京更多的星星。

我試著想像眼前出現八十公尺的大海嘯，大概是二十到二十五層高的大樓逼近眼前的感覺。

我覺得「好恐怖」，不只感到絕望，海嘯過後的小島，應該正如字面所示「不成形」了吧。正常來說會感覺走投無路，但當時的沖繩從那種狀況中振作起來。

在沒有現代的科學技術，也沒有其他縣市的支援下。

我回想起和風乃間的對話。

「志嘉良島在歷史上遭受過許多次災害，但每次都是島民同心協力阻止災害，並且重新振作起來。」

她開朗地對我說，島民們用「時到時擔當」的心情，跨越各式各樣的難關。這個大海嘯也是其中之一吧。

回到飯店房間，沖了澡。明天早上要搭乘飛往那霸的班機，所以稍微整理行李。不到一分鐘就收好了。

我在床邊坐下，想要稍微仔細看被害狀況時，手機突然震動起來，有來電。

畫面顯示「京花」，是要說對畫的感想嗎？但話說回來，為什麼突然打電話？

我清清喉嚨後按下通話鍵。

「喂。」

沒有回應。

「……京花？」

沉默。

「喂。」

只聽見吸鼻子的「簌簌」聲。

「京……」

『簌簌』

嗯？

我不禁止住喊她的聲音，明明沒有人看卻打直腰桿。只靠著聽覺資訊我也不太確定，京花該不會在哭吧？

「怎麼了？妳還好嗎？」

『……你給風乃看的畫，就是那幅人魚的畫嗎？』

「對、對啊。」

『那個人魚是風乃對吧？』

「嗯……果然很噁心對吧，我在反省。」

『你為什麼要畫那麼過分的畫？』

果然被她察覺了，而且還感到厭惡。和秋山老師還有宜野座老師不同，認識風乃的人似乎都沒有好感。

我有點找藉口地回答：

「因為在我眼中，她看起來像人魚。」

『……』

京花沉默。

「對不起，其實我也想對風乃道歉。但她可能不願意聽我說話就是了。」

『你說，風乃看到那幅畫後哭了對吧？』

「嗯？嗯，對。」

『那果然就是那樣啊！』

「什麼？」

『我很喜歡風乃！』

這段話我不得要領。為了讓京花冷靜下來，我總之先配合她說話。

「……這我很清楚喔，而且妳也很關心她。」

『不是那樣！』

「不是？」

『我喜歡風乃是事實，但是……結果我還是最喜歡自己。』

京花給我冷酷的印象，但這是什麼狀況，對話完全無法成立。

「每個人都最喜歡自己啊。」

『沒錯！但是風乃不同！』

「不同？」

『風乃以前是個成天黏著奶奶的小孩。』

「……是這樣啊。」

『而且她超級喜歡志嘉良島，認真覺得可以為了志嘉良島做任何事。但我不那麼想。我才不要為了別人犧牲自己！所以我沒辦法對風乃說我想要當歌手。我怎麼有辦法把事情全推給風乃，還對她說將來的夢想啊！』

京花用責怪自己的語調說，我根本沒時間提問。

『高中同學對我說，京花這麼努力打工好厲害喔，與之相比風乃老是在玩。風乃每次聽到都會哈哈哈笑著說：「我只是做自己想做的事！」用你的手機講電話那時也這樣！我哭個不停，風乃完全沒哭。還笑著說「小京真溫柔，謝謝妳喔」！明明就是風乃比我溫柔百倍！』

大喊之後沉默了一陣子，我可以聽見她粗亂的鼻息。

我幾乎無法理解內容，但我知道她是真心陳述真實。

而如果這是真實，有不得不追問的部分。

「為了小島犧牲自己是什麼意思？」

手機那側沒傳來回答。

漫長沉默。

接著聽不見京花吸鼻子的聲音了。

一段時間後，京花顫抖聲音小聲說。那和她唱歌時強而有力的低沉聲音完全不同，是幾乎要消失的細小聲音：

『……海斗，你馬上來志嘉良島。』

「馬上？但我明天要回東京了。而且沒辦法進去島上吧？猶他老婆婆不是也這樣說。」

『救救風乃，不管我說什麼風乃都沒有哭，但如果是你，她或許願意表露真心。』

——電話突然掛斷了。

我又打了一次，但京花沒有接，似乎是關機了。

我站起身，把手機往床上丟。

俯視畫面直到待機畫面轉為全黑。

我拚命整理思緒。

為了小島犧牲自己？

全推給風乃？

禁止島民以外的人進入下舉辦的儀式。在網路上查了盂蘭盆節最後一天的事情，也只知道這是沖繩很尋常的節日。風乃說今年以小島為單位舉辦，是要做什麼與以往不同的事情嗎？

……搞不懂。

但總之得去小島一趟才行，當秋山老師回來時，我對他說了整件事情。

因為有風乃才能克服心理創傷，也被她甩了。還有我明天想搭第一班船去志嘉良島，所以又要取消飛往那霸的班機。

喝醉的秋山老師聽完後，睏意十足地揉揉眼睛點點頭，拍拍我的背：

「『時時刻刻別忘記動眼、動手、動腦。』這是達利所說的話。」

天亮後，迎接二十二號的送靈日來臨。我朝石垣港前進。

我打電話給京花好幾次，但一次也沒接通。她在速食店裡拜託我「帶風乃去東京」。現在回想起來，她真正的目的或許不是想要我聽她唱歌，拜託我這件事才是她最重要的請託。

結果，我還是不知道京花真正的意思，但覺得只要去志嘉良島就能明白一切。

抵達港口時九點半，再過不久就是第一班船發船的十點了。候船室裡有長椅卻空無一人。

螢幕上顯示前往其他離島的出發時間。

往志嘉良島的船班，在十點的船班之後全部停駛。前往其他離島的船似乎下午之後也停駛。聽頻繁播送的廣播說，似乎是因為颱風靠近而停駛。如果錯過這班今天就沒船了，無論如何都得趕上。

高速船的船票僅限當天販售。沒辦法提前買，也只能在這邊買。
我朝售票窗口說了「不好意思」，裡面一位年輕大姊姊隔著玻璃回我「歡迎光臨」。
「往志嘉良島，一張。」
但當我說完後，她的表情從待客的笑容轉為嚴肅表情。
「非常不好意思，今天前往志嘉良島的船票已經全數售光了。」
聲音冷淡地如此說。
「售光？明明還有三十分鐘，而且都沒有人耶。」
「是的，非常不好意思。」
我回想起高速船的船艙。大概有二十張座位。雖然無法說絕對，但我完全無法想像總是無人的船艙會坐滿人。話說回來，船票只能當天買，如果真的賣光了，那候船室沒二十個人等著也太奇怪了。
「拜託妳，我無論如何都得到志嘉良島上去。」
我不小心提高音量，坐在更裡面的工作人員們全抬起頭，訝異地看著這邊。
「就算你這樣說，這是規矩啊。」
我是個笨蛋。什麼也沒想就先行動了。
小島沒有機場只能靠船出入，所以可以在此阻擋人員進出。這種事情只要仔細思考就能明白。我之所以前幾天還能進出，全是因為登美奶奶允許我上島，以及事前買好來回票。他們讓大家在這裡沒辦法買船票。

「根本沒有人在等啊。」

「和那沒有關係。確實已經售光了，我們沒有辦法繼續販售。」

「如果時間到了也沒有人來就會視為取消對吧？那麼一來就能買那個位置吧？」

「我們沒有開放候補席，規定就是時間到了就發船。」

「多一個人沒關係吧，不管是甲板還是行李艙都好。」

「不可以，乘客數量有規定。」

「怎樣都好啦，總之請讓我搭船！」

我不禁揚起聲調，因為太過著急而感到火大。在那之後，有人從背後抓住我的肩膀。

「小哥，可以請你到後面來一下嗎？」

身穿嘉利吉襯衫的中年男性，雖然表情溫和，但握住我肩膀的力道很大。而且他背後還跟著兩個大約二十多歲的年輕男性。我心想似乎在哪看過，接著立刻想到了。

我和京花去完卡拉ＯＫ要回島上時也看過這些人，我記得他們圍住帶著大行李的觀光客，類似帳篷支架的戶外用品的東西還突出在他的行李外。

「痛……」

他握痛我的肩膀讓我扭曲臉孔，三個人的體格都遠比我健壯，要是發展成暴力事件，我立刻會被當布袋打。

我真心想要報警。這種威脅與拒絕乘客搭船真的能被允許嗎？日本可是個法治國家耶。

我沒打算退縮，我絕對要搭上船。所以我打算要大叫。

就在我用力吸一口氣時，有個人從旁邊抓住中年男性的手腕。

「我兒子被你捏痛了，可以請你放手嗎？」

那是宜野座老師。他為什麼在這裡？我嚇到說不出話來。

中年男性看看我又看看宜野座老師後，無可奈何地放開手。

「海斗，我不是要你等我來再說嘛，真是的。」

他說話的方法和昨天不同，完全是沖繩人的腔調。宜野座老師拍拍我的雙肩，避開三人的視線對我眨眨眼。這是要我配合他的暗號。

「不好……對不起，爸爸。」

而且話說回來，宜野座老師為什麼會在這裡，但我總之先順著他的話說。

「你是這孩子的父親？不好意思，可以請你們離開嗎？」

中年男子表情訝異，肯定覺得我們長得不像吧。

「哎呀，我們父子得回島上才行咧。我是志嘉良島的人啦，聽說今年要那個不是嗎？」

「什麼？」

他們的表情混雜困惑。

「我的名字是宜野座昇陽，也給你們名片吧。」

宜野座老師從西裝內口袋拿出名片，中年男性接下。

「宜野座……美術大學教授？這確實是我們這的名字啦。」

「我是南風莊宜野座登美的長男，一直待在內地，因為送靈日被叫回來，所以和兒子一起回家。你可以去確認。」

說話方法不同彷彿讓他變了一個人，他態度大方，也沒有刻意的感覺。

中年男性回到售票窗口開始打電話，雖然聽不見他的聲音，但他不停偷瞄我們。這段時間，兩個年輕男性守著我和宜野座老師。我坐立不安地等著，但還是學宜野座老師抬頭挺胸。

「……我們確認好了，兩張成人票。」

一段時間後，從櫃檯的年輕女性手中接過船票。宜野座老師迅速付錢，我們穿過候船室。

走了一會兒，我確定身邊沒有其他人之後低頭道謝：

「謝謝您，幫了我很大的忙。」

「你別在意，秋山來拜託我的。」

語調已經回到昨天的宜野座老師了。

「秋山老師？」

「是啊，他請我幫你救救你的人魚。」

我的人魚。也就是風乃。

京花也說了希望我救救風乃。

但具體來說，我完全不知道要從什麼手中救她，也不知道到底什麼狀況。

「宜野座老師知道是什麼狀況嗎？」

「不是全部。昨天從秋山口中聽到你的人魚之後，我覺得不太對勁，就立刻打電話給我媽。」

「打給登美奶奶？」

「是啊，我嚇死了，沒想到那個小島竟然還在做那種事。」

「那個……總之我太多事情搞不懂，也不知道該從哪件事問起，但首先，請問您為什麼在這裡？」

「因為我聽秋山說你要去志嘉良島。」

「秋山老師呢？」

「他有其他事不能來，哎呀，反正他也沒辦法搭船，這個任務只有我適任。」

「……那個！風乃到底怎麼了？送靈日到底是什麼？志嘉良島到底在隱瞞什麼？為什麼那個小島要做到這種地步？」

我不小心連珠炮狂問問題，宜野座老師豎起食指抵在嘴唇上。

「噓，你太大聲了。等我們順利搭上船後我再跟你說。」

沒有辦法，我們就在乘船處等船抵達。潮濕的海風吹拂。明明還是上午，卻因為烏雲彷彿傍晚般昏暗。我拿手機搜尋「志嘉良島　送靈日　祕密」後，也沒在網路上找到相關的資訊。

十點一到，搭上船。不出預料，客艙只有我和宜野座老師，我們在兩排座位上並肩而坐。

聽見汽笛聲，船出港了。比我兩天前搭船時更加搖晃，身旁的宜野座老師「呼」地大吐一口氣，垂下肩膀。

「哎呀，不可以放鬆，接下來才是問題，有沒有辦法停止送靈救下你的人魚才是重點。」

「那個，可不可以別說『你的人魚』了。」

「哈哈，不好意思。」

我對來路不明之事感到緊張，大概是想要讓我稍微放鬆吧，宜野座老師開玩笑似地笑了。

「那麼……該從哪裡說起呢。首先，你知道在八重山諸島流傳的『人魚傳說』嗎？」

「知道，我昨天在網路上找到了。」

漁夫救了人魚後，拯救村莊遠離海嘯被害。另一方面，鄰村的人因為不相信有人魚而遭毀滅，這樣一個民間故事。

「所以你在畫人魚的畫時不知道這件事啊，我還以為你是在島上聽到這個民間故事呢。」

「會把風乃畫成人魚，只是因為她在我眼中是人魚。」

宜野座老師再次確認客艙裡空無一人，深吸一口氣後接著說：

「……從結論來說，現在志嘉良島上的島民，就是不相信人魚被海嘯滅村的鄰村後代。」

「什麼……不是不是……」

我搖搖頭後繼續說：

「那個民間故事是真的嗎？真的有人魚？」

「哪知，這倒是不清楚。只不過正式文獻上留有紀錄，明明同為沿岸的村莊，一個村莊的村民幾乎全部得救，另一個村莊只有二十人左右活下來，超過一千五百人喪生。這是無從爭論的事實。」

「那只是偶然吧。」

「或許是偶然，但明顯不自然，實際上，這個故事也被傳承了兩百五十年。」

志嘉良島港邊有個古舊的銅像，人魚對他們來說確實是特別的存在。

「當時明和大海嘯襲擊了離島一帶，鄰村的人也因為鹽害而難以生活，最重要的是他們認為那是不祥的土地，最後拋棄原本的村莊渡海，接著抵達了當時是無人島的志嘉良島。但因為人口稀少，在陌生土地上的生活遲遲無法安定下來。最後他們開始尋找原因，並得到一個結論。」

「結論？」

「那就是，這該不會是人魚的詛咒吧。他們開始認為是過去懷疑人魚，而惹怒了人魚。」

「這太愚蠢了。」

平常聽到這種可疑的說詞只會惹人嗤笑，但宜野座老師的表情相當認真，我不禁屏息。

「接著，島民為了平息人魚的憤怒，決定獻出人柱。」

「人柱……那是活祭品的意思吧。又不是漫畫或小說。」

「你知道御嶽嗎？」

「知道，是個形狀似塔的大岩石對吧。」

「身為人柱的女性，要從那個塔頂投身入海。接著全部島民朝著大海獻上祈禱。所以島民血緣者的我可以進入小島，設定為我兒子的你也可以入島。」

「投、投身……？」

「最後一次舉辦這個儀式似乎是距今七十年前。從太平洋戰爭起約五年時間，以蚊子為媒介的瘧疾大為流行，許多島民因而喪生。但聽說在儀式結束後，再也沒有人死亡了。」

——難以置信。

歷史課也上過瘧疾曾經在沖繩大流行過，但那是因為醫學發達而結束疫情，絕對不是因為儀式。

雖然這樣說，在御嶽這個聖地與巫覡猶他近在身邊的小島上，島民認真相信這件事也不奇怪。

「這次的人柱似乎是為了要阻止水位上升。原本就有零星受害，一個月前的風暴潮導致幾位島民喪生成為決定性關鍵……這是我昨天從我媽口中聽到的。」

「那個儀式……就是今天要舉辦的送靈日？但網路上都找不到……」

「原本的送靈日單純指舊曆盂蘭盆節的最後一天，沖繩本島和其他離島沒有太大不同。有人柱文化的只有志嘉良島。」

「……要投身大海的人柱是……」

「名叫風乃的女生。島上一定會有一個被課以人柱義務養大的女性，因為儀式不定期，也有終生沒碰到儀式的女性。」

「那個，也就是說，風乃她……要從御嶽頂端投身入海嗎？」

過多的資訊讓我大腦混亂，但我也理解許多事了。

京花口中「全部推給風乃」、「為了小島犧牲」指的就是這個，風乃早就決定成為人柱，從出生那一刻起。對京花來說，怎麼可能有辦法對這樣的風乃說將來的夢想。

「大家都不覺得太奇怪了，不覺得匪夷所思嗎？」

「現在有網路，年輕人或許會感覺吧。」

「那……」

「但那座島幾乎都是老人，甚至有許多人參與了上次的儀式。習俗和思想沒有這麼容易改變，實際住過那邊的我非常清楚。我有個大我五歲的姊姊，當時我的姊姊就是人柱，而且她理所當然接受了這個命運。彷彿只有我一個人價值觀和大家不同，是個怪人一樣。這讓我感到很厭煩，我國中畢業就離開小島了。」

「您的姊姊現在呢？」

「二十年前左右病死了。我連喪禮也沒參加，當時工作很忙，而且也打算一輩子不想扯上關係了。」

「是這樣啊……那麼您為什麼願意幫忙我呢？」

「理由有二，第一是這是學生的請求，另外一個是，我想要看更多你的畫。」

「我的畫？」

我一回問，宜野座老師捲起右手衣袖，把右手腕內側轉給我看。手腕到小指根部有道五公分左右的舊傷疤。

「我年輕時出車禍造成手腕軟骨損傷，雖然動過幾次手術，但只要一畫畫就會痛，結果只能放下畫筆了。在那之後我就專心在教育上。」

宜野座老師一臉懷念地摸著傷疤繼續說：

「秋山讓我看過你之前的畫的照片，那給我彷彿在聽機械音彈奏曲子的冰冷感覺。而那竟然轉變成讓人那麼感動的畫。如果你沒了她，應該沒辦法繼續畫畫了吧？」

「……沒錯。」

正如老師所說。沒有風乃的風景，對我來說毫無魅力，絲毫沒有想畫的心情。現在的我，沒有風乃就無法畫畫。

「我放棄作畫，但我不希望你放棄。身為美術界的一員，我無法沉默看著一個年輕人就此斷送未來。」

深深感受這人是真的教育家，明明不想扯上關係了，卻為了我出手相助。

「……沒錯，因為風乃，我才有了改變。」

我放在腿上的雙手緊緊握拳，「答答答」船頂傳來雨滴打在上面的聲音。窗外下起豪雨，厚重的灰色雲層在天空流動，偶爾閃爍鈍色光芒。風勢仍舊強勁，船隻上下劇烈起伏。

在這之中，在會被錯認為夜晚的黑暗大海，看見遺世獨立的亮光。

那是志嘉良島的港口。

四、朱紅色之唇

抵達志嘉良島後下船。

乘船處、候船室全都空無一人，這裡原本就是人少且沒有活力的寧靜島嶼，但這也太異常了。颱風接近，港邊人比較少或許也是理所當然，但還是有種很詭譎的氣氛。

「咚咚」打在屋頂上的雨聲，以及強風震響窗戶的聲音聽起來特別響亮。

我停下腳步，宜野座老師輕輕推我的背，催促我朝候船室的出口前進。

「海斗，走囉。」

「啊，好，嗯。」

我這才發現船員們從船上看著我們，我們快步走出港口。

接著看見人魚銅像前站著四位男性。

大約二十五歲上下，四個人都染了金髮或褐髮，感覺都很沒耐性。有人用小混混的姿勢蹲著，還有人拿著金屬球棒，沒有人撐傘。暴露風雨中淋濕了頭髮和肩膀。

其中一人是大地先生。四個人都瞪著我和宜野座老師。特別是大地先生眉毛上吊，表情宛若惡鬼。我反射性想到之前被他扁的事情，胃一陣緊縮。

他們用訝異的表情看著我們竊竊私語。

「喂，那不是前陣子都跟風乃在一起的傢伙嗎？」

「就說了啊，說是登美奶奶的孫子啦。」

「所以才會住在南風莊嗎？」

「但是那時候登美奶奶沒說那是她孫子啊。」

「剛剛不是在電話裡說了是父子了嗎？」

在石垣港說的事情似乎已經傳開了。大地先生沒有參與對話，只是沉默抱胸，視線沒有從我身上移開。

和畏畏縮縮的我完全不同，宜野座老師舉起右手，語調輕鬆地說：

「嗨賽！天氣不好真遺憾，好久沒回志嘉良島了，空氣真棒咧。」

多虧他的聲音和表情，大地先生以外的三人放鬆警戒。

「這確實是志嘉良島的口音咧。」

小混混蹲姿的其中一人如此說，宜野座老師繼續說：

「我在這裡長到十八歲嘛，真想快點見到大家。賣肉的金城好嗎？也得去跟牧場的仲宗根打個招呼才行咧。」

「仲宗根就是我老爸。」

拿金屬球棒的男性如此說，宜野座老師笑著走近他：

「喔呀！我和那傢伙同年，以前常常一起划龍船呢！我明天去找他喝一杯！哎呀，你是兒子啊，叫啥名啊？」

「……你好，我孝太郎。」

「孝太郎，你也來一起喝啊！」

給人沉穩又有魅力的中年男性印象的宜野座老師變成有活力的島上大叔，轉眼間就收服了孝太郎，笑著拍拍他的肩膀。

「咦，島上的大家呢？」

「已經去御嶽了，送靈預計從正午開始。」

我一看手錶，現在剛過十一點，還來得及。

「這樣啊，海斗，我們走吧！」

在宜野座老師催促下，我跟在他後面走，雖然想要盡早離開這些人，但我無法如願，粗壯的手臂從旁伸出來擋住我。

是大地先生。

「等等。」

他抓住我的領口，把我拉近。

我只能用腳尖站立，和之前被他揍時相同姿勢。

「你真的是那傢伙的兒子嗎？」

壓迫感十足的低聲，雨濕的頭髮貼在他的額上，眉間刻出深深紋路。

「……我、我……」

好痛苦，不能說話。

眼角看見宜野座老師想要阻止。

「他是我兒子！已經確認……」

「別吵！」

大地先生右手把我舉高，左手把宜野座老師推開。

「唔！」

宜野座老師腳步不穩地離開我的視線。我聽到「沙沙」的聲音，大概跌坐在地了吧。大地先生朝著他粗聲大罵：

「拋棄志嘉良島幾十年的傢伙，別現在才裝出島上人的樣子！」

我勉強轉動眼珠，其他三人沒有阻止。仔細一看，他們一臉害怕，大地先生又再度低頭看著我。

「而且你這夏天第一次來島上對吧，就算你真的是登美奶奶的孫子，和島民有血緣關係，我也不會讓你參加送靈儀式。那早決定只有島民參加。你不是島民。」

「決……定……？」

「沒錯！如果不這樣做，就無法平息人魚的怒氣。」

聽到這句話，我的大腦一片空白。呼吸困難中，我肚子用力，緊咬牙根，努力擠出沙啞聲音。

「人魚什麼的，怎麼可能存在……」

接著，連我距離這個近都很勉強才能聽到的微小音量從大地先生的口中冒出來：

「……什麼？」

原本上吊的眉角回到原本位置，憤怒的表情也轉為認真表情。

我心想「要來了」。

下一個瞬間，右耳出現了爆炸般的巨大破裂聲。

我的眼前一片黑。

我的身體重重撞上地面。

右臉頰好燙。

「海斗！」

我聽見宜野座老師的聲音。

我想要坐起身體，但動彈不得。視線搖搖晃晃，搞不清楚是上是下。

嘴巴裡溢滿了什麼東西。

唾液？不對，有鐵鏽的味道，是血。

「咳。」

我往地面一吐，一顆牙齒和鮮血一起滾落地面。

不僅嘴巴裡裂開，連牙齒都斷了，右耳深處好痛。

騙人的吧，我只被打了一拳耶。感到驚訝的同時，我的腦袋某處也想著：

——比我想像得還要不痛。

「嗚哇啊啊啊啊！」

我對著朝倒下的我慢慢接近的大地先生大喊，用可說是自己人生中最敏捷的動作撞上去。

「啊啊！你這傢伙！」

彷彿遭趁其不備的攻擊，大地先生失去平衡往後倒。

我趁隙轉換方向，在通往聚落的泥土道路上奔跑。

「什……站住！」

背後傳來聲音。

我當作沒有聽見，只是不顧一切，聚精會神地全力奔跑。

我是只在體育課才運動的文藝類學生，但不管怎麼說，受到的傷害也影響到我的腳，我現在的跑步姿勢看在他人眼中應該不忍目視吧。但這種事情無所謂。

我沒有感覺太痛，連在榕樹森林前被揍那時的十分之一也不到，大概是當時我沒有對抗之意吧。

我現在有所覺悟。

大地先生說出「如果不這樣做，就無法平息人魚的怒氣。」時，我心想「啊，這人是認真的。」再這樣下去，風乃真的會被他們殺了。

我痛切感覺自己太沒想像力了。

即使聽到宜野座老師說的話，看見石垣島港口的應對，我腦袋還是有哪處無法相信。無法相信這是無庸置疑的現實。

這些人打算殺了風乃。

我不管怎樣被痛扁都無所謂，瀕臨死亡也沒關係。

——我想要救風乃。

在石牆之間的狹窄道路上奔跑，正面承受雨珠拍打。風聲好吵，每戶民家都為了防颱關上防雨門。沒有人的氣息，阿檀樹遭受強風吹動，樹葉幾乎要被扯下樹幹了。

我邊跑邊用手腕擦拭從嘴巴流出的液體，是血，似乎還沒有止血。

怒聲從我後面接近。

我聽不清楚他在說什麼，但總之凶狠得像是被他逮到我一定會被殺。

我的肺臟快塌了，如果是體育課跑長跑，我早就停下來用走了。但我沒停下腳步，繼續跑下去。

我想見風乃。

風乃現在快要被殺了，就為了「要平息人魚憤怒」這種亂七八糟的理由。

很早以前就知道自己的死期早已決定，這到底是怎樣的心情啊？

她是想著什麼在笑的呢？

看起來比任何人都我行我素，其實是被束縛最深的人。

好生氣。

對沒有看穿這點的自己憤怒。

「站住！」

從港邊跑到小島中央附近時，大地先生從前方轉角處現身，擋住我的去路。我立刻轉換方向，跑進民宅腹地內。

越過擺設沖繩石獅子的矮牆後前進，毫無對「非法入侵民宅」這類的事情感到罪惡，反正所有島民都到御嶽去了，沒有人在。

「你這……別開玩笑了！」

大地先生發出野獸咆嘯般的大聲怒吼朝我逼近。

我要去榕樹森林，從海上路線前往御嶽，風乃就在那裡。

但我的腳程無法逃離大地先生，不管身體素質還是對這塊土地的熟悉度都是對方更上乘。

再這樣下去遲早會被追上。

「這邊！」

在我跑出田間小路時聽到聲音，那是在強風吹響草木的吵鬧聲中也相當響亮的聲音。

「京花！」

一看聲音方向，京花對我招手。

她從與她身高差不多的岩石後面探出上半身，三角錐狀的岩石表面刻有「石敢當」的字樣。

京花食指立在唇前，這是「安靜點」的暗號。

我急忙繞到岩石後面隱身，大地先生立刻追上來了。

大地先生四處張望環伺四周，確認沒看見我之後，用力踹地大叫「真是的！氣死人！」立刻從口袋拿出手機開始打電話。

我坐下來抬頭看京花，她呼吸紊亂地仔細觀察大地先生的動向，大概因為緊張，雙手在胸前緊緊交握。

此時我才發現她雙手手腕有被布條或什麼綁過的紅色瘀傷。

「那個……」

我的腦海浮現了一個令人憤怒的景象。

之所以無法聯絡上京花，或許是因為被大地先生發現她打電話給我而被拿走手機。被認定為不定時炸彈的她，被關在哪裡限制她的自由。但她想盡辦法逃了出來，現在來幫我。

他們不僅打算殺了風乃，甚至還對京花下手，到底可以瘋到什麼地步啊。

「別那種恐怖表情。」

大地先生不知在何時離開了，京花低頭看我。我似乎完全顯露憤怒，她安撫著我。

「我無法原諒那個人。」

聽見我充滿唾棄的這句話，京花搖搖頭。

「大地哥哥是很溫柔的人。」

溫柔的人？

怎麼可能，我可是被他揍了兩次耶。

但這麼說來，風乃也曾經說過：「大地哥哥是很溫柔的人。」登美奶奶也說：「大地很認真，沒有什麼特別的事情不會動手。」

京花邊吐氣邊靠在岩石上，雨勢稍微趨緩，雨珠一滴一滴落在她的黑髮上。

「你已經聽說送靈日的事了嗎？」

「嗯，也聽說人魚傳說和風乃的使命了。」

「……這樣啊，大地哥哥啊，一開始是為了阻止讓風乃當人柱的儀式才加入青年會的。」

我不太懂她的意思，過了一會兒才重新確認：

「為了阻止？」

「對。」

「但我看起來反倒覺得他很積極耶，青年會是執行儀式的人對吧？」

「這其中有點原因……風乃和大地哥哥，從小感情就很好，雖然年齡差很多，但就像真正的兄妹一樣。」

在體育館玩的孩子們也說他們兩個人常常在一起。

「風乃從她祖母口中聽到自己的任務時，大地哥哥同一時間也知道了。他當然反對，但他沒辦法反抗權力強大的猶他等聖職者，以及所有島民的意思。小島的傳統絕對不能違抗，中斷了延續至今的儀式，也就等於過去在儀式中喪命的人們所做的事情完全沒意義。沖繩一年中最重要的節日是盂蘭盆節，也就是說，沖繩人比什麼都還要重視祖先。」

「所以他只好妥協，不在乎風乃的意見站到島民那方去了嗎？」

「不是。」

京花又搖搖頭，當場坐下來。

遙遠上空，雷雨雲低吼似地發出聲音。現在雨勢趨緩，但感覺馬上又會轉大。

「大地哥哥還是沒有放棄，就跑去當青年會的團長。這是為了提升他自己的發言權，為了成為小島不可或缺的存在。他也鍛鍊身體，老是擺一張恐怖的臉裝模作樣。但是，一個月前出事了，你知道島民因為風暴潮過世的意外嗎？」

「舉辦儀式的原因？」

「嗯，當時過世的，是風乃的雙親。」

「什麼！」

「被打上陸地的海浪捲走，包含他們兩人在內，總共七個人喪生。」

我幾乎要窒息。

那也就是說，風乃的雙親明明才剛過世，她就那樣笑著了？

溫熱的風吹在被雨打濕的身體上，我身體深處而非表面感受到一股寒意。

「水位上升而帶來的災害年年增多，這個小島的民家和海岸幾乎沒有距離，水位因為颱風或暴風雨稍微上升馬上就會淹水。之前已經很多人在說快點舉辦儀式，強烈反對的就是風乃的雙親和大地哥哥。」

「因為她父母過世了，所以沒人可以阻止了？風乃也是被害者吧……」

風乃完全沒有表現出悲傷的樣子，她在御嶽也笑著說「時到時擔當啦」。

「就是如此，她是受害者。但守夜和喪禮時，風乃都沒有哭。不僅如此，還到處向大家道歉，說『都是我一直活著，對不起』。」

「什……什麼，那也太蠢了吧。」

我的聲音不禁發顫。

這根本不是風乃的錯。

我的心臟被緊緊握住般令我呼吸困難，不知名的各種情緒在我胸中轉個不停。

「風乃在哭泣的遺屬面前宣言，她要在今年的送靈日舉辦儀式。大地哥哥到最後一刻都反對，是風乃親自說服他的。她說『我想做自己想做的事，反正都要死，想要幫上別人之後再死。』因為這樣，大地哥哥才會決定以青年會團長的身分協助猶他舉辦儀式。」

大地先生是為了風乃才舉辦儀式，因為這是風乃的願望。

我一直以為大地先生只是個恐怖、腦袋有問題的人，感覺終於看見這個人的人物形象，也知道風乃和登美奶奶說他溫柔的意思了。

我忍不住蹲下身。

沒有辦法阻止大地先生。他也是為了風乃行動的人，動機和我相同。

不利於人類的負面自然現象，拿一條人命交換就能好轉，理論上根本是無稽之談，明顯是個錯誤。但這個小島就是這樣，而風乃也希望能成為人柱。

拚了命跑去見她，想要救她，如果在那裡被她拒絕了，那該怎麼辦才好？

風乃已經對我說過「差勁」，拒絕過我了。

我生平第一次出現迷惘。

那個瞬間，有個黑影覆蓋地面。

「京花，妳跟這個外人還真要好啊。」

轉過頭一看，是大地先生。

他一手緊握著金屬球棒，正好低頭俯視我且用力舉起球棒。

「不可以——」

京花的聲音被打斷。

空中閃過光線，閃電造成的逆光讓我什麼也看不見。轟聲響遍周遭，在全白無聲的世界中，我反射性舉起右手擺在額頭。

在那之後，右手腕一陣劇烈疼痛。

腦中響起大樹枝折斷的聲音。

「嗚……嗚啊啊。」

我當場跪倒在地。

右手腕外側以眼睛可見的速度迅速變成紫色。

好痛好痛好痛。

好痛。

——好痛！

大地先生俯視縮成一團的我，手無力垂放傻住了，臉色青白。

「你做了什麼好事啦！」

但京花站起身抓住大地先生手握的金屬棒握把，讓他回過神來。

「……放手！妳這個背叛者！」

「呀！」

大地先生甩開京花，京花跌坐在地。

「我不會讓任何人阻撓。」

大地先生被汗水與雨水染溼的雙眼充斥著血紅色。

或許大地先生一開始只是想威脅我，不是認真想用金屬球棒打我。因為那和落雷的巨響同時，他的手可能不小心亂了動作。

但我手腕的疼痛是事實，他無論如何都不讓我去御嶽的強烈意志，轉變成疼痛傳達出來。

我的指尖勉強能動，但或許已經斷了。

迷惘與痛楚，逐漸消磨我的鬥志。

不管多努力呼吸，肺臟都吸不到氧氣。

——可能已經站不起來了。

就在我快要挫折時，京花撲到大地先生身上。

「海斗，你快一點去找風乃！」

京花的馬尾散開，濕髮隨意散亂。

「讓開！我不會讓你們繼續亂來！」

壓倒性的體格差距讓京花被他推倒在地，但京花立刻站起來，再次緊抓住大地先生。

渾身泥土，拚盡全力，雙眼蓄滿淚水。

那樣徹底防曬，相當重視外表的京花，現在根本不顧一切。

「打電話和直接見到時！不管我說什麼風乃都沒有哭！但是，如果她在你面前哭了……」

我聽到心臟猛烈一震的聲音。

風乃真的自己期望死亡？

那怎麼可能。那樣充滿生命能量，深愛世界萬物，深受大家喜愛的風乃。

我站起身開始奔跑，用力擺動雙臂。

我不知道什麼才是正確的。幾百年來許多人思考的，以最佳答案為目標的結果，或許就是現在。

我的行動或許是外行人在已經完成的畫作上，加上突兀的顏色讓畫作功虧一簣的行為。

右手腕每分每秒都竄過持續遭重物重擊的劇痛，這是不能再勉強下去的疼痛，需要立刻靜養。

但這與風乃死亡相比。

想到她在雙親過世時，也沒有哭泣且向所有人道歉的心情。

讓我想著，我還能再多跑幾步。

抵達榕樹森林。我看手錶，距離送靈儀式開始的正午只剩不到二十分鐘了。

我衝進森林。大概是茂密的樹葉形成天然屋頂，及腰的雜草幾乎沒被雨淋濕。在這之中感覺不到颱風的影響，真的是相當神祕的森林。

沒過一會兒，我聽到大地先生他們的聲音。他們在森林前稍微煩惱要不要繼續追，在我前進很長距離之後才聽到後方遠遠傳來叫聲。

「喂，別再前進了！」

聲音在森林中迴響，音色中甚至感受到焦急。

我充耳不聞，分開草木快步在昏暗的森林中前進。

偶爾停下腳步豎起耳朵。

沙沙……沙沙……

和風乃一起來時完全聽不見的浪濤聲從正面傳來，我的五感變得相當敏銳。

我確認方向沒錯後再次擺動雙腳。

接著，背後除了雜草摩擦聲之外，也開始聽見粗亂的鼻息。

「喂！站住！」

追兵靠近了。

與不習慣在大自然中行走的我相比，他們的速度理所當然更快。

為什麼我活到現在光只是畫畫啊。

就算畫得再好，沒辦法保護風乃就沒任何價值。

我和大地先生之間的距離只剩不到十公尺。

只要絆倒一次就完了。

在此走出森林盡頭，視野出現遼闊的天空，地面也變成凹凸的岩石。

但我在懸崖邊，不自覺停下腳步。

和寧靜安穩的森林中完全不同，如果不在崖上緊緊踩住地面，身體就會被強風往上吹捲。

往下一看，無數雨珠打在海面上，白色飛沫彷彿小動物群聚般躍動，猛烈的海浪發出低鳴。

我現在就要跳進這種地方嗎？

在我躊躇之時，大地先生等人也衝出森林。

衣服和頭髮上沾滿樹葉，呼吸急促。

「你已經無路可逃了。」

憤怒表情中帶有些許安心，他以為已經把我逼入絕境。

但是，時至此時我也不怕死。牙齒斷裂，手腕或許也骨折了。劇痛到了極限甚至已經感到不痛。

我再次轉身面向大海。

過去光靠近懸崖已經發抖的雙腳，毫不躊躇地朝岩石用力一蹬。

「……怎麼可能……」

大地先生一臉呆滯對朝空中拋出身體的我說。

我全身被強風包裹，不是順著引力往正下方落下，而是承受不規則的風吹動，邊旋轉邊落下。

彷彿在空中飛翔。

在這種狀況中跳進海裡根本瘋了。

但我感覺我無所不能。

畢卡索也曾說過啊。

「認為自己能做到的人就一定能做到，認為自己做不到的人就一定做不到，這是一個不容質疑的法則。」

我要救風乃，我能做到。

下一個瞬間，我的身體用力打在海面上。邊旋轉邊往深處沉去。承受海浪用力揉搓，視野一片黑暗，但我沒有恐懼。心想，在洗衣機中的衣服大概是這種心情吧。

之所以如此冷靜，是因為風乃對我說過。

這附近的海流，是朝離島方向流動。

我自己實際的經驗與風乃的話，世上沒比這兩件事更值得信賴。

再一會兒。

只要再一會兒就能見到，我絕對不會讓風乃死去。

我擠出最後的力量，專注別讓自己撞上岩礁，順著海流引導在海中前進。

漂抵離島，我好不容易在濁流中攀住岩石，身體四處邊承受撞擊，爬上岩石海岸。趴在寬幅只有一公尺左右的平坦岩石上，我不停吐水。這段時間，因大雨水位上升的海浪好幾次撲上陸地，想要把我的身體扯回海中。

這一帶的海流，從志嘉良島流往離島，接著朝西南邊的大海洋流去。如果我又掉回海裡，再來就會被沖到外海去。

我沒辦法反抗這個濁流朝陸地游回來，所以這就意味著死亡。

我拚命穩住身體，因為承受海浪劇烈沖打，明明人在平穩的陸地上，卻感覺彷彿在船上的晃動感。

右手腕大為腫脹，肌膚已經從紫色變成恐怖的黑色，但很驚訝完全沒有痛楚。

等到激動的情緒回復平靜時，到底會變成怎樣呢？

而且還是右手腕。我想起宜野座老師在船上給我看的舊傷。動了好幾次手術也無法復原，讓他放棄作畫的傷痕。

或許我也會與他相同，一輩子再也無法握起畫筆了。

這個念頭閃過腦海，立刻又消失，全部等救起風乃後再思考。

許多漂流木和海藻被打上岩岸，加上有兩艘漁船用繩子繫在這邊，海浪激烈拍打上岩石，比我身高還高的飛沫飛舞著。

雨勢更強，落下滴滴碩大雨珠。打在身上有點痛。

石階梯就在眼前，前方，從聳立的圓柱型岩石塔頂端，有淡淡的光線灑落。

石階梯底下有兩個身穿雨衣，年齡五十多到六十多歲的男性。他們倆傻眼地看著我從海上攀著岩石爬上來。

「你從大海那邊來的嗎？太不可思議了。」

其中一人戰戰兢兢地問我，另一個人回答這個問題：

「騙人的吧，人類掉進這片海裡不可能還活著。猶他以外的爺奶也都因為危險沒過來這邊，都待在志嘉良島的海岸祈禱啊。」

我不理他們，撿起身旁一公尺左右的漂流木對著兩人。

「風乃還活著嗎？」

靠前方的男性交互看了我的臉和漂流木，最後才「咿」的尖叫一聲打直腰桿。他似乎理解狀況了，另一個人不停往後退。

「……夠了，我自己確認。」

大概是我的表情相當恐怖，加上我從波濤洶湧的大海爬上來帶給他們的衝擊，恐嚇效果十足。我瞥了啞口無言只能張闔嘴巴的兩人後，一階一階爬上石階梯。

石階梯沒有扶手也沒有柵欄，越往上走風也越強，難以保持身體平衡，而且天雨路滑，要是滑倒跌下去可不是受重傷就能了事。

我一心只想見到風乃，腳趾尖用力抓地，手錶上的時間早已過正午。

我邊祈禱風乃平安，爬上高達十公尺的石階梯，抵達岩石塔頂端。

最先映入眼簾的，不是靠我最近，身穿白色服裝，背對著我坐在地上念誦咒語的四位猶他老婆婆。

也不是另一頭承受強烈風雨而亂成一團的花和各式菜餚，以及插在石器上的好幾束線香，幾疊燒過的黃紙及織品等供品。

而是在最遠處，跪坐在崖邊，只要往前兩步就會掉下去的風乃。

雷雨雲在上空憤怒瘋狂地大聲吼叫。劇烈暴風在塔上四處流竄，砲彈般的豪大雨不停灑落。

這真是不可思議的景色。

在御嶽塔頂，老婆婆們沒穿雨衣，渾身濕透捲曲後背，感覺隨時都要被吹跑。雙手不停摩擦佛珠，拚命地縮起身體留在此處。

與她們相對照，身穿橘色昂貴和服的風乃，打直腰桿若無其事地跪坐著。彷彿水平線那頭有著什麼，她直直注視著某一點。

風乃彷彿絲毫不受極惡劣天氣的影響。

明明如此昏暗，甚至讓人感覺陽光只照在風乃身邊。

超現實的光景，讓我揉揉眼。

不禁懷疑起，或許因為我太想要見她而看見這如夢似幻的妄想了吧。

但別管這種細節了，總之風乃還活著的事實，讓我差點流下安心的淚水。

「是誰！」

其中一個老婆婆發現我，聽到她的聲音，所有人停止念經轉過來看我。

為什麼有外人在這。人魚會憤怒。青年會在幹什麼。老婆婆們邊說著這些，打算一起站起身，但強風讓她們無法移動只能站在原地。

我也想要馬上蹲下來，腳不停發抖。只要稍微失去平衡，可能無法重新站起身直接從塔頂掉下去。

但風乃就在我面前，我不可能就此止步。

我保持彎低身體的矬樣，滑動腳步前進。中途拿在手上的漂流木掉了，漂流木朝旁邊飛出去，兩度打在岩石地面後，立刻消失在視線中。

「風乃。」

我穿過猶他之間，走到她身邊喊她。

但風乃沒發現我。身體明明近在眼前，她的意識卻像在遙遠世界。

「風乃！」

我揚起聲音。

「咦、海斗？」

風乃終於轉過頭了。

她睜圓琥珀色眼睛，鮮豔的朱紅色雙唇，瓷器般白皙的肌膚。上了妝的她，美麗充滿神聖感，彷彿非塵世凡人。

「嚇我一跳，你為什麼在這裡？」

都這種狀況了，她的態度卻一如往常得幾乎叫人無力。

我整個人撲到風乃身邊坐下來，跪坐著的風乃，雙手在腿上緊緊握著筒狀的小玻璃瓶。那個瓶子形狀和實驗課中常用的試管很相似，裡面裝有透明液體。

在抵達這裡之前不停在腦袋中妄想的風乃就在面前。

我不知道該說什麼才好。

所以，總之緊緊抱住她。

「哇！」

風乃驚呼。

和我冷透的身體不同，她好溫暖。

「……會冷嗎？還好嗎？」

風乃雙手環抱一句話也不說的我，摩擦我的背。

就和我坦白自己心理創傷時相同，彷彿母親安撫孩子的手勁。

風乃好堅強。

狹窄的肩寬。

單薄的身體。

風乃用她感覺隨時都會斷成兩半的纖細身體，為了守護島民的未來而接受自己的命運活到今天。顧慮著周遭心情，一個人奮戰到今天。

她眼睛周遭甚至沒有淚痕。

「她在守夜時和喪禮上都沒有哭。」

腦中響起京花這句話。

她為什麼如此堅強？為什麼可以為他人著想到這種程度？

「海斗，很痛。」

風乃這樣說，所以我放開她的身體。

「你怎麼來的？」

「當然是從崖上跳進海裡過來的，除此之外我不知道其他方法。」

「你自己一個人跳下去嗎？你長大了耶。」

「對啊，我長大了。」

多虧有風乃。

風乃微笑，我也跟著她一起微笑。但我的表情和情緒無法統一，視線逐漸模糊。

明明風乃看不出想哭的跡象，我卻比她先哭出來了。

「風乃，逃跑吧，我是來救妳的。」

我說完後，風乃有點困擾地稍微皺起眉頭。

「不行，我是人柱，這就是我的使命。」

「這太奇怪了，妳也很清楚這根本就是無稽之談吧？」

風乃搖搖頭。

「這跟是不是無稽之談沒有關係，這裡是志嘉良島，是人魚之島。」

「為什麼？就正常來想……」

「不正常啊，大家和我都不正常。」

接著身體轉向一旁。

「……你走吧，我很高興你來，但真的不能再做更多了。」

「不要，我不要妳死。我不允許。我們出島吧，妳沒有必要為了這些人去死。」

「不，因為我喜歡志嘉良島。」

「因為喜歡，所以被當成人柱，被他們殺了都無所謂？」

「這件事情只有我能做到。」

「就算不是妳也可以吧？為什麼非得是妳？」

「因為我有力量。」

「什麼力量……」

風乃盯著手邊的小瓶子，長長睫毛的影子落在眼頭。

「我們不是有三天沒見嗎？就是去御嶽之後，海斗被大地哥哥揍了一拳後的隔天，到你讓我看畫之間的三天。那時我發高燒，卡密達利來了。就跟奶奶說的一樣，我有拯救小島的力量。而我也很開心我有力量。」

風乃淡淡陳述，她的眼神相當平穩，如同沒有倒映著暴風雨景象般美麗，沒有恐懼或迷惘的神色。

為什麼？為什麼會如此無法相互理解呢？價值觀與常識相差太多了。

但是，在風乃和島民們眼中，無法理解的我肯定更奇怪。

「……老實說，我也有點煩惱。因為這樣才會常常捉弄海斗。」

「什麼意思？」

風乃看著我的眼睛，臉頰稍微染紅。又再次低頭看小瓶子。

「在海中……我吻了你，你還記得嗎？」

「當、當然，我怎麼可能忘。」

我從來沒有忘過。感覺自己的臉頰發熱，風乃好笑地看著這樣的我笑了。

「要成為人柱的女性規定一定要是處女，我想著要是我和海斗有了那種關係，就可以逃走了。」

「竟然是這樣……」

「我那之後也常在你面前沒有防備，但你完全不出手啊。我雖然很害羞，但也很努力了耶。我這麼沒有魅力嗎？」

牽手、抱住我、還一起睡。

那親近的距離並非無意識中的舉止，而是在這種打算下做出的舉動啊。

「……有！妳很有魅力！只是我沒有膽識而已。」

「啊哈哈，我也是這樣想。已經太遲了，你這個膽小鬼。」

「對不起。」

風乃安心地一笑：

「我很喜歡海斗這點喔。早看穿你故作冷酷其實內心小鹿亂撞個不停了，你說你喜歡小島真的讓我很高興。可以認識你太好了，和你在一起很開心，你努力的樣子也好耀眼。你不是建議我可以到東京開店嗎？我不小心就開始想像了。如果我能做出登美奶奶的那些料理，可以讓小島以外的人吃到，如果他們對我說『很好吃』、『謝謝』……那應該很幸福吧。」

「嗯、嗯……對啊。」

我頻頻點頭。

「對我來說，沒有未來是理所當然的事。但我思考了，可以和海斗還有小京一樣，為了自己的夢想活著或許也不錯。」

「那風乃，妳果然……」

「但是看了海斗的畫之後，我下定決心了。」

笑容突然從風乃臉上消失。

與之同時，遠方一道閃電，無聲無息地從烏雲往大海落下。

「我發燒之後還是不想要死，很沒用地煩惱一番。但看到海斗的人魚畫之後，我發現這樣的自己好膚淺、好不負責任、好差勁。」

「……聽不懂妳在說什麼，那什麼意思？」

「因為那幅畫，是人魚捨棄了沉在海底的志嘉良島聚落，只有自己朝著海上的光明世界游去的畫對吧？如果我拋棄了，幾乎都是老人家的這個小島會怎樣？」

風乃輕輕吐一口氣，露出淡淡微笑繼續說：

「會和那幅畫相同。如果我不成為人柱，水位會繼續上升，小島總有一天會沉入海底。那好像在對我說『會變成這樣，所以妳別想要自己逃走』，所以，我才下定決心成為人柱。」

我的嘴裡乾澀，咕嚕一聲吞了一口口水。

「我、我沒有那個意思……」

「啊哈哈，我知道。說差勁真的很對不起，那不是說海斗畫的畫很差勁，那是在說我自己很差勁。海斗的畫很棒喔，什麼都不用說就直接打入人心。像是自己內側的感情一口氣全部噴發出來。被迫直視自己不想看見的東西，讓我好痛苦。真正的藝術好厲害，海斗會變成很厲害的畫家。」

「我沒有希望妳這麼想。」

「謝謝你讓我下定決心，我能說出這些話太好了，這是我心中的遺憾。」

風乃一臉神清氣爽地笑著，彷彿表示心中沒有任何後悔。

這個笑容捏碎我的心臟。

要是我沒讓風乃看畫就好了。

如果我沒有畫那種畫，是不是就不會變成這樣了呢？

還有說服風乃的餘地嗎？

我在無意識中推了風乃一把。

糟透了。

又變成這樣了，和國中時那件事相同，我的畫只是傷人的東西。

「這是我的使命，海斗，每個生物都有自己的使命。小白是為了要讓大家美味品嘗，海斗是畫畫，小京是唱歌。而我，就是死。」

「不用死也沒關係吧……妳就跟平常一樣笑著說『時到時擔當』不就好了嗎？」

「大家之所以能說出『時到時擔當』，是因為有人會出手解決事情。只是這次輪到我而已。」

風乃像是要結束話題，小聲說「嗯」後點點頭：

「海斗，謝謝你來。但是，已經沒關係了，是我自己選擇，自願成為人柱。海斗也趕快向大家道歉，現在還來得及。」

我無法改變風乃的意志。

當我確信後，右手腕彷彿這才想起疼痛，全身上下也發疼。身體和意識彷彿切分開來，我無法好好操控。

放棄吧。

風乃會如此頑固全是我的錯，我根本沒什麼能對她說的了。

「離開風乃身邊！」

從石階梯的方向傳來低沉聲音。是大地先生。他拿金屬球棒當拐杖爬上來了。

老婆婆們邊喊著「大地、大地」邊爬過去攀住他，大地先生瞥了她們一眼後，毫不畏懼狂亂吹拂的強風，慢慢朝我們走過來。

「風乃，時辰早過了，妳快點喝藥。」

大地先生眼神兇惡地瞪著。

視線前端，是風乃一直小心翼翼握著的小瓶子。

「藥……」

我小聲一說，風乃苦笑著回答：

「海蛇毒。」

透明的玻璃瓶，突然變得無比不祥。風乃用著閒話家常的語氣繼續說：

「因為跳進海裡溺死感覺很痛苦，喝下這個再跳下去，肯定可以在痛苦前就先死掉。」

認識那天，風乃熟練地抓住海蛇。她那時肯定早已做好死亡準備了。

我反射性想從風乃手中搶走小瓶子。

但我伸出的手碰到小瓶子之前，我的側腹受到重重衝擊。

被大地先生踢飛的我倒臥在一旁，上半身撞在岩石淺窪上的水窪中，濺起飛沫。

被踢的痛楚不怎麼強烈，但右手撐在地面帶來劇烈疼痛。

「大地哥哥！你做過頭了！」

風乃大叫。

「如果沒有藥，妳會在海裡痛苦很久，我不會讓他這麼做。」

大地先生瞇起眼睛，他說出口的話是真心的。

這個人其實也不是真心希望風乃死掉，就只是尊重風乃的意志而已。

「別管我，快點幫幫海斗！他的手腕……要快點帶他去診所才行！」

「這傢伙做過頭了，跑到這邊來，要是就這樣放他走，猶他也不會接受。」

「全是因為我不早一點死！答應我要讓海斗平安回去！這是我最後的願望！」

大地先生看著懇求的風乃，扭曲臉孔咋舌。

我拚命張動嘴巴，但就跟離水的魚一樣只能一張一闔，發不出聲來。

「海斗，別勉強移動！」

風乃慌慌張張阻止我。我好不容易從地面抬起頭，混雜著汗水、雨水的水珠從鼻尖不停往下滴。

我的身心都快到極限了，肚子一用力，我原本打算大聲喊叫，但實際上只發出喃喃細語般的細聲。

「……風乃只要說出『我想活著』就夠了。」

「閉嘴！別再繼續迷惑風乃了！」

大地先生又從下往上踢我的肚子。

「咻」的一聲，空氣從我口中噴出，但我努力忍住沒讓自己倒下。

原本在遠處轟隆作響的雷聲，落在附近海面上。一瞬間明亮得如晴朗白日，但又立刻恢復昏暗。

其實我真的想要馬上倒下。

好想放棄。

好痛苦。

想要永遠孤獨作畫，那是我來這個小島前唯一的願望。

我為什麼要來這個國境之南呢？

為什麼得在這彷彿世界終焉的景色中奄奄一息呢？我到底是在幹嘛，為什麼要插手這和我毫無關係，不著頭緒的習俗呢？就當作沒看見，快點回東京不就好了嗎？

沒錯，我腦袋很清楚。

但是，我已經不能算毫無關係了。

不是腦袋，而是心中深處最柔軟的那一塊無法接受現實。

我緊緊閉上眼大叫：

「只要一句話，只要妳說『我想活著』就好了……遺屬、島民、祖先們什麼的，全部都無所謂吧。想讓妳背負一切而活下去的那些人，根本不值得一救！別為了那種傢伙去死啊！別說妳可以為其他人做什麼，說妳想為自己做什麼啊！只要妳說妳想活下去，其他一切都無所謂了！」

風乃無言地緊抿雙唇。

眉尾下垂，眼眶內看起來也蓄著淚光。

聽見尖銳的「鏘」聲，那是大地先生把金屬球棒甩在地上的聲音。

「這種事情在你來之前早說過好幾次了！」

他大喊後，雙手揪住倒在地上的我的胸口，輕輕鬆鬆把我往上提。從充血的雙眼流出不知是雨水還是什麼的透明液體，濕潤銳利的眼睛眨也不眨，從正面射穿我。

大地先生放弱語氣質問我：

「……為什麼老是這個島的人遇到這種事啊？每年遭受無數個颱風侵襲，每次有颱風來，大浪就會侵蝕陸地。沒辦法出海，農作物也不能收穫，還會死人。天空和大海都是敵人，我們無能為力的大自然力量想要消滅島民。根本不知道正確答案，但是猶他、其他老人家和風乃，大家都在思考自己能做些什麼，想要完成自己的使命來保護小島。『無所謂』這種話只有什麼也不知情的外人才說得出口，別為了自我滿足插嘴。」

大地先生放開我，我就這樣倒下。雖然很想回嘴，但我咳得一句話也說不出口。

不對，就算我還有體力說話，也不知到底該說什麼好。

我的敵人是想把風乃當作人柱的大地先生和島民們，但包含風乃在內，他們的敵人是名為「人魚詛咒」的大自然本身。

就算在此救了風乃也救不了志嘉良島，大自然會再次露出獠牙，小島永遠壟罩在人魚詛咒之中。這種事情根本無能為力。

我四足跪姿低著頭，大地先生丟開的金屬球棒碰到右手指尖。明明受到不規則的狂風亂吹，球棒卻沒有從塔頂掉入海中，而是滾到我身邊。

——真的是這樣嗎？

我已經變得烏黑的右手緊緊握住球棒。

「大自然力量想要毀滅島民。」

大地先生這樣說，但我不這麼想。

我因為颱風沒辦法回東京。

在狂風駭浪中能夠抵達御嶽。

這一切肯定都是為了要讓風乃活下去。

即使雙親的生命被奪走，風乃仍然深愛著志嘉良島的自然。肯定不止風乃，所有島民都是如此。

而這個大自然，正大喊著要我拯救風乃。

或許最終還是外人的自我滿足，或許只是我對自己有利的想法。

但是，一旦開始這樣思考就停不下來了。

就算這世界只有我一個人搞錯了，我也要拯救風乃。

這不是使命，無庸置疑是我的意志。

「風乃妳再不快一點……」

大地先生的聲音從我頭頂上經過之後，我迅速起身朝風乃伸出左手。

我的指尖碰到她的手，她手上的小瓶子因此掉落。

「啊！」

小瓶子隨風滾動，從塔頂往下掉。海蛇的毒，被崖下的驚滔駭浪吞噬。

「怎麼這樣。」

風乃雙手撐在崖邊，往下探看。

「這傢伙竟然還能……」

我起身的同時雙手握緊金屬球棒，朝話說到一半的大地先生身上用力揮過去。

「嗚喔喔喔！」

手臂舉不高，腰也沒力量。雖然是個難以入目的揮擊，金屬球棒還是直接打上大地先生右膝外側。

「唔！」

「啊啊！」

我和大地先生同時痛呼，右手腕無法承受衝擊，球棒從我手中掉落。另一邊，大地先生腳步不穩地往後退，左膝跪在地上右腳撐在地面，他雙手摀著右膝瞪著我。

「唔……你明明什麼也做不到，別繼續插手了！」

「我確實什麼也做不到，但我什麼也做不到，和風乃會死，這兩件事毫無關係。」

我說完後，大地先生用力想站起身，但似乎使不上力氣又再度跪地。

我氣息紊亂地轉過頭，雙手撐在崖邊往下看的風乃，不知何時已經站起身，視線仍望著崖下。

「風乃，已經沒有毒藥了，我們總之先下去吧，這邊太危險了。」

我說完後風乃仍然沒有抬起頭，站得直挺挺地俯視大海。

「……風乃？」

風乃只有轉過頭看我。

明明承受強風吹拂，她的頭髮卻如同平常受海風吹拂一般，只是輕柔飄逸。

我有種不好的預感。

感覺風乃的存在太不切實際。

彷彿落雷的瞬間時間腳步會變得遲鈍，視野染上一片白，風乃以外的景色全都消失。

在無聲的世界中，風乃朱紅色的雙唇動了。

「對不起喔。」

我沒聽見聲音，但我覺得她這樣說。

肯定不只對我說，也對大地先生說。她哀嘆著因為自己還活著而讓我們受傷，脫口而出這四個字。

風乃眉角下垂，有點傷腦筋地微笑後，

——往下一跳。

「風乃！」

我好幾次感覺已經到極限的身體，使出人急跳樑的最後力量，千鈞一髮之際，右手抓住風乃的手腕。

「啊啊啊啊啊啊！」

被右手的重量往下拖，我的右半身在岩石上摩擦，我大叫。

左手好不容易抓住岩石上的突起。

結果，我的右手抓著風乃，身體被拖出懸崖，靠一隻左手抓著掛在御嶽上。從受傷的右手腕上，聽到好幾次有什麼重要東西被扯斷的聲音。我全身噴出大量汗水。

我們掛在懸崖邊的身體被風吹動，劇烈搖晃。

下方有海浪打在岩塔的岩壁上，飛沫乘著從下往上吹的強陣風往上噴濺。

我沒有力氣把自己和風乃一起拉上去，不僅如此，我隨時都可能放開風乃。

「海斗！你放手！連你也會一起掉下去！」

風乃扯破喉嚨大叫。

我怎麼可能放手。就這樣直接掉下去就會掉進十公尺下方的大海，然後被沖到外海去。海流的方向絕對不會改變，所以不可能發生奇蹟。

「不要！如果妳死了，我就沒有活下去的意義。」

「海斗要活著繼續畫畫！那就是海斗的使命！你快放手！要不然，連你的右手……海斗，你會沒有辦法畫畫！」

宜野座老師手腕的傷閃過我的腦海，這樣下去，我會一輩子沒辦法畫畫，但是，我就算變成那樣也無所謂。

「不放，我的手是為了畫妳而存在。」

「什麼？你在說什麼啊！」

「沒有妳我就畫不出來！所以有沒有右手都一樣！」

對風乃見死不救後，我根本不可能還能繼續畫畫。就算右手能動，沒有風乃的風景不可能觸動我的心。

「……不可以！海斗的使命就是畫畫啊……」

風乃用幾乎聽不見的聲音說道。她似乎低著頭，雖然不知道她有什麼表情，但我對她說：

「風乃，沒有什麼使命，自由去做想做的事。是妳告訴我這樣就可以了，對我來說，妳比畫畫還要重要……我喜歡妳。」

我喜歡風乃。

風乃拉著我的手，帶我到自由且炫目的世界。

畫出人魚的畫那時，我好開心。

我覺得我已經沒有問題了。

雖然不知道具體來說是什麼沒問題，但總之我的視野變得開闊，發現世界是由許多明亮的顏色組成。

我抬頭看著天空，揚聲大喊：

「妳要我在沒有妳的世界中畫什麼畫才好啊！要塗上什麼顏色才好啊！我已經無法回到昏暗的地方了，妳要負責啊！就算妳不願意，我也不放棄！我會強硬帶妳走！」

這次輪到我了。

輪到我拉著風乃往光明處走。

不可以被束縛在這小小的島上。還有好多更開心的事情，好多風乃還不知道的事情。

我看著左手中的突起，拇指以外的四隻手指勉強抓住，但就在現在，食指鬆脫了。

再這樣下去會撐不住，不只左手，指尖已經沒有感覺的右手，也不知何時會背離我的意志鬆開。

「我……」

風乃低語。

與之同時，我發現晃動的身體擺動的幅度漸漸變小。

打在指尖上的雨珠也停止了。

如巨大小島浮在空中的厚重雨雲也裂開好幾道縫隙，陽光從裡頭照射下來。

「海斗，我……」

風止雨停。

原本浮現好幾道漩渦，如巨大水龍暴動的大海，平靜得令人難以相信。

「我——」

風乃用力吸一口氣，接著和聲音一同吐出口。

「我，其實……想活下去……」

在她說出這句話的同時，我左手手指從岩石上滑脫。

但浮在空中也只一瞬，我的身體不是落下而是突然往上浮起。

我和風乃回到塔頂，在岩石上落地。

原本在遠處跪地的大地先生就站在旁邊，粗暴甩開我的左手。

我只有轉動脖子看風乃。

風乃雙膝內八跪著，全身無力地坐在地上。

盯著我看的雙眼浮出淚水，反射陽光閃閃發亮。

陰天的天空，開始放晴。

幾公里遠處仍是陰天，遠方也傳來雷聲。彷彿只有這一帶處於不同世界般炫目，我們似乎進入颱風眼中了。

「風乃，再說一次。」

大地先生說。我順著他的視線看過去，剛才因為不良天候無法動彈的猶他們，在放晴後站起身，端正姿勢瞪著我們。

「再說一次？」

風乃回問，我回答她的回問：

「只要有妳一句話，我們就能和任何東西對戰。」

風乃思考了一會兒。

彷彿完全無法理解自己的話語、想法到底會造成怎樣的影響。

最後她睜大眼，眨了幾次眼。

張開嘴，又咬下唇。

看了大地先生又看了我。

看了猶他們。

低下頭。

接著用力抬起下顎，朝著晴朗的天空大喊：

「……對不起！我其實好想要活下去！」

風乃「啊哈哈」大笑，那是她平常張大嘴，天真爛漫的笑容。

唯一不同的是，積蓄在她眼中的透明水珠一滴一滴滑落。

「嗯，活下去吧。」

我站起身，站在大地先生身旁。

＊

我們三人推開猶他和石階梯下的兩人，搭上漁船。

大地先生掌舵，打算要從御嶽回志嘉良島。會說「打算」是因為我在上了漁船後立刻失去意識，所以不太確定。

我恢復意識時已是隔天，人在石垣島的綜合醫院裡。母親坐在病床邊的折疊椅上，用手帕摀著嘴。發現我恢復意識後，衝上前來緊緊抱住我。在我睡著之時，我的右手肘到指尖被裹上石膏。

秋山老師也很快趕到，向我和母親賠罪。用字遣詞相當有禮，一臉慘白深深對我們行禮的秋山老師彷彿完全不同一個人。

這個行動和結果都是基於我的意志，如果可以拯救風乃，我也早已做好死的覺悟了，但秋山老師說「這全是我的責任」。

父親也很快趕到，我彷彿被偵訊的犯人一般，接受父親囉嗦地詢問細節。好不容易中途逃脫借了醫院的電話，聯絡上京花。

風乃平安無事，儀式總之先延後了。雖然想要決定新的日期，大地先生和京花徹底反對，更重要的是原本千依百順的風乃態度一變轉為反對。也因此，島上分為年輕人與老年人兩派，氣氛相當險惡。

『海斗被處以無限期禁止入島。』

京花對我如此宣告。聽說如果我下次試圖入島，沒有任何理由立刻會有生命危險。

這也是沒有辦法，我不只違法闖入民宅腹地內，還當著猶他的面闖進他們的聖地。

『風乃也被禁止出島了。』

和其他離島港口攜手合作的那個小島，明明是同一個國家，卻活在完全不同的常識中。甚至可以實現「限制進出小島的人」這種離譜的事情。

『已經沒有海斗能做的事了，剩下的就交給我們吧。』

京花這樣說完後，單方面掛斷電話。

我想見風乃，但確實已經沒有我能做的事了。現在只要風乃還活著就夠了。

我拖著肌肉痠痛的身體回病房，立刻被叫到另一間房間去。

醫生一臉嚴肅地在那裡告訴我，我的右手腕現在有三大傷勢，具體來說有「手腕韌帶損傷、正中神經損傷、粉碎性骨折」，結論是我需要立刻動手術，且術後的後遺症，無法自由操控從拇指到無名指第二關節處的手指和掌心的神經。

「根本別想要畫畫了。」醫師搖搖頭如此說，我的雙親因此哭泣，但我一點也不後悔。

不，只是還沒有真實感，或許將來有天會後悔。

即使如此，我在要選風乃還是要選畫畫的選項中選擇了風乃，就算斷送了自己的人生，和沒有選擇風乃的後悔相較根本微不足道。

晚秋的風吹散落葉，薄薄積雪在柏油路上融化，接著在綠色花苞逐漸染上櫻粉時，我從高中畢業了。

人魚的畫，在丸之內創世紀藝術大賽中獲得次獎，這是史上第一次由高中生獲獎，據宜野座老師表示，只差一點點就能拿到首獎。

我已經達到當初的目的了，但取消東京美術大學的推薦入學申請，因為我的右手已經完全喪失曾擁有的技巧。

靠著秋山老師和宜野座老師的人脈，替我介紹了全國各地的名醫。但到目前為止，完全不見復原徵兆。

結束復健療程後，別說作畫，我連長時間握筆也辦不到。

雖然試著用左手畫，但和從懂事起便開始握畫筆的右手相比，頂多只有稍微幫一下的左手的手感完全不同。簡直像操控陌生人身體的感覺，想找回畫出人魚的畫的實力，大概一、兩年也不夠用。無法辦到原本稀鬆平常之事的壓力非常大。

積蓄在指間的技術與經驗全部消散，我無法具體呈現心中的想像。

耗費數倍時間才畫好的風景畫，和我想像的差距甚大讓我放下畫筆。

檯面上是當重考生，但我在那之後幾乎沒有練習作畫。

空下來的時間，我請秋山老師讓我幫忙他畫商的工作。

我從作畫者變成賣畫者。

這是很新鮮的經驗。

繪畫的價值會因為時代流行與客群而改變，價值不是因為作品本身的完成度，而是因為觀賞者的感受而變動。即使是我無法理解的藝術作品，只要買家有所感觸，價格也會翻倍。

更進一步說，也會碰到「高價」本身就有意義的狀況。在有錢人的世界中，確實有只為了炫耀「我花幾百萬、幾千萬買的」而買畫的特殊興趣者。

感覺像隨意潑灑顏料的塗鴉，在秋山老師的銷售話術下以一千萬日圓賣出。

當我揶揄他「真是個奸商耶」時，秋山老師抬頭挺胸說：

「付出的代價與得到的成果是否相符，判斷其中價值的人是自己。如果你自己滿足了，那就是買了好東西。」

我覺得這超級詭辯，但同時也發現，這是秋山老師在安慰失去右手的我。

因為這並非引用畫家的名言，而是秋山老師自己的話。

在我幫秋山老師工作到關西去時，見到了大地先生。

似乎是秋山老師雇用他當運送藝術作品的工作人員。他仍是眉角往上吊的恐怖臉孔。

「大地先生人在這裡，那風乃沒事嗎？」

志嘉良島現在的狀況如何呢？我已經一段時間沒和京花聯絡了。年輕派領導人大地先生，有沒有壓制住重傳統的猶他和老年人們呢？這些應該都和風乃會不會變成人柱有直接關係。

大地先生瞥了我的右手一眼。

「右手，已經能畫畫了？」

他知道我在畫畫，大概從秋山老師口中得知的吧。

「啊，那個，復健療程已經結束了……」

在我含糊其辭時，大地先生用幾乎聽不見的音量小聲說：

「對不起。島民已經有所覺悟了，剩下的就交給我們吧。」

說完後便離去。

我不需要他的道歉。大地先生是為了風乃行動，我也拿金屬球棒打他的膝蓋，所以兩不相欠。

借用秋山老師的話來說，在我心中，成果比付出的代價更高價。所以我對這個結果很滿意。

但是「交給我們」是指什麼呢？大地先生彷彿恢復理智的表情，讓我感到有點不安。大地先生已經沒有留在島上的理由了，這也表示沒必要保護風乃了。

該不會是儀式早已辦完了吧？

我立刻打電話給京花。

『喂。』

我聽見京花那頭傳來喧囂聲。

「妳現在在哪？」

『我正好剛抵達羽田機場。』

「妳在東京？」

『我下午有甄選會。欸，東京人會不會太多啊？我待會要去新宿車站，聽說新宿車站一天就有三百五十萬使用者，志嘉良島的人口三百五十人左右，是一萬倍耶。單一天而已耶。這是怎麼一回事啊？』

「是喔，那不重要啦，風乃現在怎樣了？」

『風乃沒事，你不必擔心。』

「你們說服猶他了嗎？」

『算是啦，看到那個也只能接受了啊。我雖然看過照片了，但看到實品完全不同。老實說，我好不甘心。』

「不甘心？什麼……」

『算了，我會賺得比你還多錢，因為我會成為世界第一的歌手。』

京花說完抱負後掛斷電話。

雖然搞不懂狀況，但從京花口中聽到風乃沒事，總之先鬆了一口氣。

陰鬱細雨持續一段時間後，也終於隨著梅雨鋒面北上而煙消霧散。夏天終於來臨了。

我來到秋山繪畫教室。

到去年夏天前，因為我讓畫作無限增加，還一度害怕會沒有地方可以擺。但在即將經過一年的現在，只增加了一幅糟糕的風景畫。

為了替因濕氣染上霉味的房間通風，我打開窗戶。帶著車子廢氣臭味的熱風，穿過窗戶往玄關方向而去。

在位於東京都內正中央的大樓中聽不見蟬聲，採光也不好，頂多只有對面大樓反射的太陽光勉強射入屋內。

在石垣島上動完手術回到東京以來，我還沒有付秋山老師一次學費過。我們現在並非繪畫教室的師生關係，而是畫商與其助手的關係。我既沒有接受他繪畫指導，在那之後也不曾在這個房間與他見面。

但他沒有要我歸還備份鑰匙，也沒聽他說要退租這個房間。我開始幫忙他工作之後才知道，秋山老師其實很賺錢。他的收入遠遠超過四十歲族群的平均收入。

所以我也決定不主動開口問：「這間房間要怎麼處理？」

以前每天放學後都會來這裡，一直畫畫到天黑。我國中、高中的行動範圍就是家裡、學校以及這間繪畫教室。現在一個月可能不會來一次，即使如此，這邊消失了也讓我感到不捨。很多事情都不同了，但我希望只有這個空間可以別改變。

我清掉畫架上方的灰塵，把夾上畫紙的畫板架上去，在板凳椅上坐下。

左手把自己右手的拇指和食指勉強折彎，把素描用的鉛筆擺上去。雖然幾乎使不上力，但這一年已經恢復到可以保持手部形狀了。

接著伸長右手。

由左至右畫出線條，鉛墨出現在沙沙的畫紙上。

畫上一條扭曲不像樣，輕輕用手一擦就會消失的淡淡線條。

不停發抖的右手，感覺隨時都會放掉鉛筆。

腦海中有好多東西想畫出來，但我連輸出也辦不到。

和過去空有技術卻沒有想描繪之物時完全相反。

以前對我來說，作畫幾乎可說是生理現象也不為過，是個近在身邊且理所當然的行為。沒想到這竟會變得如此困難。

額頭開始冒汗。

忠實按照我的意志，具體呈現出線條的右手已經不在了。

不管親眼所見這個事實幾次我都無法習慣，不自覺想逃避。

如果是平常，我應該會厭煩地撒手不管吧。

但是，今天不同。

我再次將鉛筆尖端碰觸畫紙，又畫了一條線。從上而下。又誕生了一條歪曲的線條。

接著重複幾次相同動作，但完全沒辦法畫好。連畫也稱不上，彷彿小孩塗鴉的線條排列。

但我沒有停止。

理由只有一個。

——因為夏天到了。

感覺很愚蠢，但真的只因為如此。

我大概再也無法完美取回指尖的感觸了吧。

再也不可能畫出人魚的畫了。

比較手能隨心所欲行動的過去與現狀，好幾次感到厭煩，或許將來有天我會後悔在那個小島上發生的事情。也或許會放棄作畫。

但是，即使我放棄，即使對毫無成長的自己絕望。

我想每當夏季來臨，我會不停地挑戰，讓自己更貼近過去的感覺。

東京的風、陽光、氣味和聲音都和志嘉良島的那個夏天完全不同，但只要夏季來臨，我就能鮮明地回想起所有五感。想起風乃的笑容、她流過的眼淚與手心的溫度。

只要有兩人共度的記憶，我就隨時都能樂觀向前。

把鉛筆抵在畫紙上，我的右手不停顫抖。最後終於失去力氣，差點放掉鉛筆。

但顫抖愕然停止。

一隻小手像要支撐我的右手，輕輕覆蓋上來。

原本帶有霉臭味的畫室，充滿柑橘香氣。

「我第一次看見海斗畫畫的樣子。」

是風乃。在我右肩後方的琥珀色雙眼，彎出和緩的曲線。

我的手和風乃的手，一起畫出線條。

那是曾經在晚上學校裡畫出的，很有風乃風格的強力線條。

懷念情緒充斥心胸，我發不出聲來。

一種黏附在身體表面的負面情緒，被爽朗清風完全吹散的感覺。

她為什麼會在這裡，已經得到可以離開小島的許可了嗎？

風乃彷彿讀穿我的心思，她點點頭，輕輕放開右手。

「在大家努力下，儀式取消了。」

「怎麼一回事？」

「因為無法阻止水位上升，所以決定築防潮堤應對。多虧這樣，颱風來也不會淹水了。」

原來如此，儀式的目的是為了拯救小島，如果可以做到這點，那風乃也沒當人柱的必要。

「這麼簡單就解決真的可以嗎？」

太驚訝了，原本還那樣拚上性命耶。

但風乃搖搖頭，擠進我和畫布之間，雙膝跪地，從正面抬頭看我。

「一點也不簡單，離島的建設費用高昂，聽說需要幾十億日圓。秋山先生和宜野作先生說他們要出，但島上的大家也決定要出錢。」

京花講電話時，她幹勁十足說要當世界第一的歌手的理由就在此啊。大地先生說交給他，秋山老師不顧一切拚命賺錢的理由也相同。

「去年送靈日那天，原本預定宜野座先生要到現場去阻止儀式舉行，秋山先生要趁這段時間去找業者和自治體交涉。但海斗先失控了。」

聽她這樣說，我感覺臉頰熱了起來。

「什麼啊，那我做了多餘的事啊。」

風乃立刻搖搖頭說：

「才沒有，就算解決了水位上升的問題，可能立刻會有其他天災來臨。這樣一來可能又會開始說要人柱獻祭，所以，你的行動很有意義。因為你那麼努力，才讓我們驚覺不可以繼續這樣下去。」

風乃抬頭看我，溫柔握住我的右手，彷彿在慰勞我的右手。因為麻痺沒什麼知覺，但我感到淡淡的溫度。

「而且啊，島上的爺爺、奶奶最後願意接受，是受到海斗掛在港邊那幅畫很大的影響。因為裡頭畫的是我，讓我有點害臊就是了。」

「咦？人魚的畫？」

「對，那幅畫表達出很多事情，海斗的，那個……很多情緒。」

風乃的臉頰稍微染紅，她低下頭清清喉嚨，又抬頭看我。我的心彷彿被她的雙眼吸過去，被拉回一年前的夏天。

「海斗，你可以聽我說嗎？」

「當然。」

我回答後，她認真地眨眼好幾次後，深深吸一口氣後吐出話語：

「謝謝你救我。謝謝你告訴我，我也有未來。謝謝你畫我。謝謝你願意聽我的真心話。謝謝，你喜歡我。」

就像是照順序說出她早已想好該說的話。

那個夏天，我們說過好多話，也牽過好幾次手。

但毫不保留坦露面對的現在，更加倍感到彼此真心。透過她的手流入我的心中。

「多虧有大家，我現在才能離開小島。我給許多人添了很多麻煩，特別是你。自從你來到志嘉良島那天起，我的命運有了巨大改變。謝謝你。我一輩子都不會忘記那個夏天。」

接受她十分足夠的道謝後，我害羞地別開眼。大概有一根頭髮粗的後悔，也隨著風乃活著出現在我面前灰飛煙滅。

「這全部都只是因為我想做才去做。」

我回答後，風乃連我的左手一起握住。

「你為了這樣的我如此努力，我卻沒辦法回報你，回報大家。雖然和登美奶奶學做菜，但我還在學習中，還沒辦法拿這個來賺錢。但是……」

風乃好耀眼。只要有她在，連這個昏暗的房間就能變成一片人魚藍的景色。

「但是，即使如此我也想要和你在一起。這就是我現在想做的事。」

她不需要回報我。

人沒有什麼早已決定的使命，只要活著就好了。對我來說，風乃只是在這裡就讓我如此開心。前一刻還感受到的窒息感，現在消失得一乾二淨。

風乃的手加重力道，頻繁眨眼。

我也回應相同強勁的力道，回握她的手要讓她安心。

風乃稍微笑開嘴角。

接著有點害臊地瞇起眼睛，咧嘴露出她潔白的牙齒一笑。

接下來，風乃肯定也會拚命去尋找她能做的事情吧。因為她很溫柔，或許比起想做的事情，她會以自己能做的事情為優先。

風乃去做她想做的事情。而這會成為我的養分。

我該怎麼做才能讓她明白這件事呢？

我稍微思考後，立刻找到答案。

我抬起還留有風乃體溫的右手，面對畫布。原本那般沉重的右手，現在輕盈得令人訝異。

——我只要畫出有風乃的風景就好了。

把兩人一起才能畫出的景色，不管幾張，全部都反映在畫布上就好了。

為了讓妳別忘了和我共度的那個夏天。

為了讓我們可以無數次回想起我們的第一個夏天。

後記

首先讓我寫些補充與警語。

徒手抓海蛇是相當危險的行為，還請千萬不要模仿。風乃有受過特殊的訓練。

人魚傳說的內容和明和大海嘯的規模眾說紛紜，本作品中選擇我在老家聽說的版本。

確實存在猶他這個職業，但並非我在作品中描繪出來的感覺，她們是一群非常和善的人。

我從出生到高中畢業為止，都在石垣島上長大。

島上以被登錄為自然紀念物，重量推測超過千噸的大岩石「津波大石」為首，有許多被海嘯打上岸的岩石。

在島上出生長大的人，從小面對這些東西，實際感受過去發生的大災害是事實，也對大自然抱持著畏懼。

我想包含我在內的島民，都對大自然有很特別的感情。

在大海包圍中，接受各種恩惠，靠著大自然維生的感覺。但與之同時，也曾有過被大自然殘暴玩弄的歷史。正如大地先生在作品中曾說過的一樣，現在進行式的，每年都會遭受颱風和水災侵襲，讓人相當厭煩。

敬意、感謝、畏懼、放棄。這些情緒全混成一團，以所謂接近信仰的形式，變成特別之物札根在心靈深處。

在本作品中，一位原本獨自作畫的少年，轉變成為了他人作畫。一位原本要為了他人去死的少女，轉變成為了自己而活。就是這樣一個故事。配合劇情主線，也稍微提及了被大自然玩弄的島民。

我原本刻意將劇情描寫得稍微過火，但在近期新冠肺炎疫情的狀況中，反而讓人感到相當寫實。

看見新聞與身邊的人，我感覺到「為了平息混亂，稍微付出一點犧牲也沒有關係」、「想把壞事怪罪在誰身上來發洩不滿」等氣氛。

希望大家不是把責任推到少數人身上，而是每個人在努力做出正確的事情後，可以轉換成說出「時到時擔當」的開朗情緒。

雖然遲了許多，擁有歷史的電擊小說大獎這次願意給予我Media Works文庫獎的榮耀，真的衷心感謝。

我認為創作會表現出作者的人生，所以這全托至今與我有所關連的所有人的福氣。以及請讓我向本作品出版過程中參與其中的所有人員致上最大謝意。包含所有讀者在內，我真的開心到想要親自向每個人道謝。

但這件事難以實現，如果可能實現，我希望下次能寫出更有趣的作品來報答大家這份恩情。

國仲シンジ

國家圖書館出版品預行編目資料

為了不讓妳忘記與我共度的夏天 / 国仲シンジ著
; 林于楟譯 . -- 一版 . -- 臺北市 : 臺灣角川股份有
限公司 , 2022.07
面 ; 公分
譯自 : 僕といた夏を、君が忘れないように
ISBN 978-626-321-622-8(平裝)

861.57 111007666

輕文學
Light Literature

為了不讓妳忘記與我共度的夏天

原著名＊僕といた夏を、君が忘れないように

作　　者＊国仲シンジ
譯　　者＊林于楟

2022年7月20日　一版第1刷發行
2023年6月14日　一版第2刷發行

發 行 人＊岩崎剛人
總　　監＊呂慧君
總 編 輯＊蔡佩芬
主　　編＊李維莉
美術設計＊李曼庭
印　　務＊李明修（主任）、張加恩（主任）、張凱棋

台灣角川

發 行 所＊台灣角川股份有限公司
地　　址＊104台北市中山區松江路223號3樓
電　　話＊（02）2510-3000
傳　　真＊（02）2515-0033
網　　址＊www.kadokawa.com.tw
劃撥帳戶＊台灣角川股份有限公司
劃撥帳號＊19487412
法律顧問＊有澤法律事務所
製　　版＊尚騰印刷事業有限公司
I S B N＊978-626-321-622-8